庆祝中华全国总工会成立100周年
天津市职工作家创作文丛

青铜雕像

梁秀章 著

QINGTONG DIAOXIANG

中国工人出版社

图书在版编目（CIP）数据

青铜雕像 / 梁秀章著.—北京：中国工人出版社，2024.4
ISBN 978-7-5008-8423-1

Ⅰ.①青… Ⅱ.①梁… Ⅲ.①长篇小说－中国－当代 Ⅳ.①I247.5

中国国家版本馆CIP数据核字（2024）第050653号

青铜雕像

出 版 人	董 宽
责任编辑	吴 倩
责任校对	张 彦
责任印制	栾征宇
出版发行	中国工人出版社
地 址	北京市东城区鼓楼外大街45号 邮编：100120
网 址	http://www.wp-china.com
电 话	（010）62005043（总编室） （010）62005039（印制管理中心）
发行热线	（010）82029051 62383056
经 销	各地书店
印 刷	北京市密东印刷有限公司
开 本	880毫米×1230毫米 1/32
印 张	7.625
字 数	157千字
版 次	2024年4月第1版 2024年4月第1次印刷
定 价	35.00元

天津市职工作家创作文丛·序

长风破浪会有时

蒋子龙

甲辰年初夏——“五一”劳动节来临之际，津沽大地绽放出一束别样的文学景观：十位作家，一套丛书，十部作品。作家居然成一个班的建制“闪亮登场”，让人有些惊奇和振奋，甚至感到有些突然。曾几何时，社会一度在关注天津青年作家队伍的现状，如今看谁还敢说“天津文学后继乏人”？！

说突然，其实并不突然。在过往的岁月里，他们都公开发表过多篇小说、散文、诗歌等作品，有的还出版过长篇小说，只是多以“散兵游勇”的姿态游离于文学界。久而久之，他们当中或许有人会成为名家，或许有人会与文坛渐行渐远，这也充分说明了机遇和平台的重要性。这十位作家来自不同的行业，他们共同的身份是所在单位的工会会员。这批俗称语境中的“业余作者”，之所以能和他们的作品一起在天津文坛集体出场，得益于天津市总工会的“职工作家培育工程”。回想起早年间，我所在的厂工会是职工的文艺之家，文、音、体、美、舞全面开花，富有吸引力、感召力和亲和力。离开工厂多年，我无论如何都想不到，天津市总工会竟办成这样一件给文学界鼓气提神、为职工生活锦上添花的大好事。

职工是社会的重要见证者和参与者，也是通过劳动创造生活的实践者。主办方天津市总工会告诉我，启动于去年春天的“职工作家培育工程”，参加条件之一是“在职职工”。在我看来，“在职职工”的视野里有真东西，生活中有真体验，情怀中有真良心，笔尖上有真表达，这就从根本上杜绝了鸡零狗碎的胡编乱造——看似写的是现实生活，却没有现实感，触及不到现实的敏感神经和痛点。纵观过往的文学大家，大都是“在职职工”。钱钟书对“纯文人”甚不以为然，他在《论文人》中就直言：“古人所谓‘词章家’、‘无用文人’、‘一为文人，便无足观’的就是。至于不事虚文，精通实学的社会科学与自然科学等专家，尽管也洋洋洒洒发表着大文章，断不屑以无用文人自居。”在物质社会、同质时代，差异就是优势，职业本身就使他们具备天然的差异性。因此，“在职职工”更容易培养和保持自己的势能。而写作，是不能失去势能的。

克莉斯蒂有句名言：“作家是缺少自信的人，永远需要鼓励。”从某种意义上讲，天津市总工会提供的“培育”更像一种鼓励。这种“鼓励”可谓形式多样、内容丰富，其中包括联系名家交流创作体会、提供修改建议等。这不仅是对“业余作者”

的鼓励，也是对文学创作“造血”机能的培育。岂止是“业余作者”，即使是名家，也需要这种鼓励。陈忠实写完《白鹿原》，先拿给一位并非声名赫赫的评论家朋友看，得到朋友的认可和鼓励后，才敢寄给出版社。同样的道理，十位作家与工会这个“知音”不期而遇，从而有了十部作品的高山流水。

这十位作家中有机关干部、产业工人、教师、公安干警、社区工作者等，他们带来七部长篇小说和三部5万字以上的中篇小说。其中的《坚不可摧》在我看来是长篇架构，只是没有完全展开，交代多于描写。这些作品无一不是从他们熟悉的生活元素中提炼出来的，题材多样、内容丰富，带有明显的天津地域色彩，创作理念也各有千秋。他们有沉实的生活底蕴，再配上足够的想象力，小说就有了魅力。

文学不能失去社会性，这十部书有着结实的人物形象和故事，写出了现实生活的骨感。《追光》中的女主人公刘少英，原是家里的墙上贴满奖状的模范人物，是村里最早致富的领头人，为支持村里办炼铁厂让全村人致富，不惜拿出全部家当。为此丈夫离开了家，而唯一的儿子死于事故。因儿子宅基地上无房，无法拆迁分房，村里干部和开发商与她多次协商无果，她成了“钉子户”和“上访专业户”。幸好后来为给山里送电，负责解决这一问题的男主人公陈进，年轻时曾是刘少英的崇拜者，诚直和厚、古道热肠，在他的调解下，刘少英主动迁走了儿子的坟墓，为“追光”工程让路。晚年，她孤身一人顽强而不倨傲地生活在山脚下，守护着儿子的孤坟。整部小说风骨硬朗、气象清扬，并不回避社会现实中的丑恶与矛盾，却令人动容，并感到温暖。

文学界似乎或明或暗、或断或续地一直在争论写“光明面”和“阴暗面”的问题。文学的力量不取决于写不写这“两面”，而是怎样写、以什么样的心态写。倘是怀着阴暗的心理歌颂“光明”，那就是对“光明”的嘲讽，效果适得其反。而《追光》的作者诤直有胆识，文不负心，持经世情怀，纵是揭露了种种社会矛盾和丑恶，却能真正打动人，反不会令人有晦暗之感。诺贝尔文学奖获得者、德国作家格拉斯曾言“文学正在从公众生活中撤退”，这才是文学被边缘化和失去感染力的原因。现实主义的基本逻辑是真实，深刻必蕴于诚实之中。现实主义的真实有超越虚构和说谎的力量。

中篇小说《坚不可摧》就具备这样的品格，两个优秀的警察，不得不躲在医院卫生间里彻夜分析案情，商量破案办法。为什么？因为他们的顶头上司公安局长是凶杀案的幕后主使。小说气格峥嵘，提供了一个很好的故事，触及了现实的痛处。直面现实，才能超越现实，富有建设性。这样的作品有益于世道人心，给人一种精神鼓舞。

长篇小说《肺活贴》也如此，主人公吴刚的亲人罹患绝症，又被现行医疗环境逼到绝境，竟发愤自己制药……从一个个剖面，层层剥开掣肘职场、阻碍顺畅呼吸的病灶，绘制一幅幅青春奋斗风貌。这样的小说才是读者乃至社会的“肺活贴”。作者把自己的灵魂注入作品之中，用真诚使文字有了一种巨大的感染力量。真诚是创作的命根子，写作不是精神逃避，有真性情才有好文字。在虚假文字泛滥、作家的虚构能力减弱的当下文坛，这十部作品尤其显得难能可贵，有一种回归创作本真的强心意义。

长篇小说《“姐夫”驾到》文思灵幻，生面别开。单是主人公获得了“姐夫”这样一个称谓，便带着亲昵、诙谐等诸多涵义。一个合资企业的代理工会主席，像“姐夫”一般千方百计、足智多谋地为职工谋求合法权益，关心职工的进步和发展，最终竟将企业的外方老板也教化成半个“姐夫”。小说气象融合可亲，用嬉戏笔法消解了企业内部的紧张矛盾，语言俊丽、文采盎然。

《一条大河波浪宽》中的“大学生村官”闫行的一段话，让我觉得这部小说的境界，高于眼下同类题材的许多作品：“我不想唱高调，对我来说，我就是找了一份普普通通的工作，自己做得开心的同时，也能让身边的大家伙儿开心，这就是我工作的价值。”这部书提出了一个了不起的观念：大学生当“村官”应该“职业化”，而不是“运动化”。就如同企业界有“职业经理人”一样，有契约、有标准、有职责，双向选择，这样的“村官”更便于融入农村。所以闫行刚进村的时候是“小闫”或“小行”，渐渐变为“真行”或“大行”，后来成为“老行”！

成熟的文学原不受题材的局限，《车间主任》《新生代》等作品，描写了现代企业生产经营、管理与发展的各种情状，看似是所谓的“工业题材”，实际是表现现代人的“职业性”，或者说现代职业生涯中的人性。在计划经济的年代，工厂车间的主要职能是生产、出产品，人际关系简单，谁的技术好，谁就会受到上级和工友的尊重。“公私合营”后企业的性质只有一种“国营”，理论上工人是国家的主人。仅这十部书中涉及的企业，就有国有、独资、合资、股份制、全民所有制……人际关系变得极其复杂和微妙，本该以生产为主的车间，人际关系成了“第一生产力”……

过去写工厂生活有个很大的困难，不写生产过程，故事无法展开，人物塑造和矛盾的铺陈都离不开“生产”这个元素，但一写生产过程，作品就显得枯燥乏味，被贬为“车间文学”。而《车间主任》等作品完全没有受这些因素困扰，其表现的是工业生产环境下的职业人生，有其特殊性，也有共性。“工业题材”是个约定俗成的概念，工业剧烈地改变了社会，改变了生活，小说是冲着被工业化改变了的社会生活以及“工业人生”去的，工业生产只是工业人性的背景。工业社会里没有容易的人，也没有容易的人生，小说有察世之智，朴诚沉挚。这是《车间主任》《新生代》乃至《肺活贴》等作品对“工业题材”的开拓和新贡献。

《暖春》题材新颖，在此之前，我还没有读到过像模像样的反映“社工”生活的小说。小说中的居委会，已经完全不是从前由一个“老大姐”，俗称“街道大妈”主持工作的居民委员会了。网络社会，网中人在微信上亲，见了面淡，住在同一栋楼，可能很久都见不上一面。而小说《暖春》，却气度温婉，文字有清趣。

《大湖长歌》显然是取材于东丽湖的开发，因为东丽区的赤土村很有名，小说保留了这个村名。东丽区曾经是天津的一块文学高地，20世纪九十年代崛起的几位专写长篇小说的东丽作家，均已年过花甲。在天津市总工会推荐的十位作家中，看到李旸的名字，令人高兴。

以前东郊区有大片的田地覆盖着黑乎乎的污水，人们钓鱼不敢去东郊。先有东丽湖的开发，后有空港的建成，不仅是一个区改天换地，天津东部半个城市的面貌都大为改观。李旸倘是把格局打开，不局限于一个区、一个湖、一座神龟亭，驰骋想象，把东部天上地下、湖里岸边、神龟金条等串在一起，纵放宕出、浑然成章，或许小说有另一番气象。作家就应对现实深切关注，同时保持易于思考和发挥想象的适度距离。

我居住的小区靠近西外环，十多年前每有西风，便会闻到一种烧胶皮的臭味。无风时也有这种臭味，天空的西边还汹涌着浓密的黑烟……岂料那竟是小说《青铜雕像》的生活原型。社会开放，被贫穷挤压太久的农民，一有了发财致富的自由，便无师自通地寻找各种“赚钱的门路”，然后不顾一切地走下去。其中一条门路是到城里收购废铜烂铝，回家稍作处理，加价卖出。

其中的代表人物李清泉，最初乘长途公交车，奔波一天再乘车回家时，要经过一个检查站。像战争年代穿过封锁线一样，他把装着金属破烂的编织袋东藏西掖，还经常被没收。后来他骑“铁驴”自行车，驮着一二百斤甚至更重的破铜烂铁绕过检查站……书中有个细节具有经典元素，收破烂走街串巷，是十分劳累和辛苦的。一天中午，主人公李清泉实在又累又饿，坐靠在一个变压器小屋的墙根下，从怀里掏出干饽饽和一块咸菜，吃着吃着竟睡着了。迷迷糊糊感到有个热乎乎的东西在嘴边蠕动，用手一拨拉，摸到一团毛烘烘的东西，睁眼一看，是一条流浪狗，正用舌头舔他嘴边的饽饽渣……

他很生气，自己不仅被人欺负，连狗也欺负他，当即把流浪狗赶跑。随后他却想到，这条狗也是饿坏了，才来舔他的嘴，其实自己比流浪狗也强不了多少，早知道就剩点饽饽给它。我想给作者再补充几句：以后这条狗就跟着李清泉到处走街串巷收破烂，成了他的好伙伴，这让他觉得轻松愉快了很多。后来他越做越大，渐渐发展到一个集装箱一个集装箱地大规模处理废旧电缆、电线和各种金属垃圾，最终创建了没有污染的“再生资源公司”。直到他去世后，那条狗还整天守护着他的“青铜雕像”。小说可以有闲笔，增加情趣和意蕴。

《青铜雕像》格调沉郁，文思饱满有力，读罢难抑苍凉之慨。李清泉这个人物不同于以前文学作品中的诸多农民企业家形象，有着完全不同的心性和智慧。从买卖废铜起家，最后为他立了一尊“青铜雕像”。

天津市总工会邀我为这套“十人书”作序。读罢书稿，神思感奋，似能与作者心源相接。于是不避妄言多失，写下读后心得。聊以应命。

作者系中国作家协会原副主席、
天津市作家协会原主席
2024年4月

目　录

第一章　...001

第二章　...017

第三章　...029

第四章　...041

第五章　...049

第六章　...056

第七章　...065

第八章　...074

第九章　...085

第十章　...096

第十一章　...099

第十二章　...109

第十三章　...119

第十四章　...127

第十五章　...134

第十六章　...155

第十七章　...169

第十八章　...179

第十九章　...188

第二十章　...199

第二十一章　...207

第二十二章　...220

后　记　...229

第一章

三九的冬夜，星斗在天边闪烁着寒光，虽然没有凛冽的大北风，但四野除了有微风吹过，几乎没有什么气息，正是俗语说“小鬼龇牙”的时辰。

李清泉头戴一顶旧麻绒帽子，穿一件青布棉袄，手里提着一只用打包带编织成的篮子，篮子里装着一只尼龙编织袋，编织袋里放着一杆秤，这是他求生计的一套生意家当。与李清泉一起赶第一班公交车的那些男男女女，都是差不多相近的穿戴，装备也差不多，他们都是去串村走街收买废铜废铝的。那几年，有人靠收废铜废铝，倒卖后赚了不少钱，这条财路吸引了不少人挤进来，形成了一支独特的生意队伍。

在这支队伍里，李清泉算年龄偏大些的。几十年了，他一直辛苦挣钱养家，可始终没发现最好的出路，见有人靠收购废铜废铝转卖后发了大财，他也动了心思。现实在那摆着，俩儿子，盖房子，娶媳妇，过日子，哪一项都离不了钱啊。不管吃多大苦，受多大累，只要有钱可赚，他绝对不放弃任何机会。

公交车摇摇晃晃，李清泉想趁这个时候再闭闭眼，最好能睡着，因为他感觉有些乏累。每天顶着星星走，追着月亮回，哪管春秋冬夏，哪管风霜雨雪，就像机器一样循环往复。他给自己定的目标很现实，最低目标是给俩儿子盖房子、娶媳妇，最高目标是给儿孙留下一些产业，创下一片天地。所以尽管日子过得苦了吧唧，他也天天忙得陀螺似的，围绕着最低和最高目标转，静下来的时候就想，这条路能通向我的最低目标吗？能帮我实现最高目标吗？

公交车继续摇摇晃晃，时不时还剧烈地颠簸一下，半睡半醒的李清泉便慌忙抓住座椅，看看同行们，一个个都昏昏欲睡。他知道大家都在养精蓄锐，别看这会儿都低头耷拉脑袋，一旦下了车，他们就像寻找猎物的饿狼一样，快速分散到村街各户。他们把自己比喻为淘金者，只是淘金的方式不一样，真正的淘金是在山里河里，而他们却是在城市农村的家家户户里淘金。

这时，公交车又剧烈地摇晃了几下，人们知道，车进站了。人们迅速做好下车准备，有人问李清泉，今天去哪里，李清泉狡黠地一笑："进了海，就随大流走呗。"其实他是多了个心眼，自己早盘算好去哪里了，但是他不跟别人讲，不能给别人机会。他发现昨天去的吴家窑，家家户户几乎都有存货，一下子收了不少，今天还去那。干这行，就得有私心，不然自己那最低和最高目标怎么实现。他笑着跟人们打个招呼，径直朝一个自行车修配点奔去。

在这方面，他确实比别人灵活多了，比如别人都是下了车就徒步串村，而他就琢磨出一个道道儿。

他跟一个修车师傅套近乎，问："师傅姓什么？"

师傅说："姓李。"

李清泉就靠近了说："咱是本家啊。"

继续问："师傅祖辈是哪里人？"

师傅说："老辈儿是从山东过来的。"

李清泉就乐了："哎呀，没想到在这里遇到本家人，咱真的是一家啊。"

问师傅的辈字，师傅说中间是金字，李清泉马上把师傅搂住了，"太巧了，我中间也是金字，我叫李金泉。"然后就把自己如何不容易，来这里干什么，跟修车师傅说了一通。

修车师傅发了善心，把一辆自行车交给他，说："你走村串户太辛苦，这是我的车子，你随便骑，天黑前送回来就行。"

就这样，他比别人多了一条快腿，所以串村快，串得也远，可以到三四十里甚至四五十里的村镇，收得也多。时间长了，时不时给修车师傅带点特产，俩人俨然就真的是一家人了。

这天，他依然来找修车师傅，因为他昨天与一户人家约好今天再来，那户人家有隐秘的藏货，可能要有个出人意料的大收获。但他却发现身后有人跟踪，早料到这种情况，因为每天这群人里收获最大的就是他，被人盯上一起找货源也正常。但他可不愿意带个"尾巴"，就刻意坐下来，跟修车师傅搭讪，说东说西，直到盯梢的人耐不住时间悻悻离开，他才骑着车也走了。他哪里知道，等待他的却是警察，他跟那人一起被带去了派出所。

到了派出所才得知，原来那户人家是惯偷，家里那些藏货都是偷来的，那人甚至还参与了偷割电线、偷变压器。经过再三核实，李清泉算是脱了干系，可这一天不仅没收获，还体验了一把派出所里的待遇。

到中午了，人家都在吃饭，李清泉的编织袋里却还是空的。在一条街道拐角的地方，他看见一间装着变压器的小房子，就捡了一块儿砖头，垫在屁股底下，他从怀里掏出一块儿干饽饽啃了起来，嗓子眼干得实在咽不下去了，他才想起来，自己还带着菜，在怀里摸了半天，才掏出一块儿咸菜，就着干饽饽吃，勉强咽下去。

吃完了，头一仰，李清泉就靠在墙角上，这地方背风，还暖和。冬天的太阳像个没有蛋清的鸡蛋黄，中午的暖风轻轻地抚摸着他。他太疲惫了，开始只是想眯瞪一会儿，起五巴更赶车来到这儿，本以为捡了个金娃娃，不承想是捧了个烫手的热山芋，吃不得，又扔不得。这会儿咕咕叫的肚子里刚刚有了点食，瞌睡虫就爬上了脑袋。

他做梦了，梦见自己在村里盖了两处大房子，青堂瓦舍的，两个儿子领着两个漂亮的儿媳妇，快步走过来给他施礼，每个儿媳妇还给他捧来一杯茶请他喝。这茶又甜又香，还很温热，正可口，喝了一口，嘴里清香无比，慢慢咽下去，全身都舒畅极了。

哎，怎么连嘴角和脸颊都是热乎乎的了？还有东西在不停地动？他一激灵，醒了。原来真有个热乎乎的东西在自己嘴角边舔来舔去，他用手一拨拉，摸到了一个毛烘烘的东西，困劲儿一下子消失了。他一睁眼，见是一条流浪狗，他大喝一声："人欺负我，你个长毛的畜生也想欺负我啊？！"

李清泉捡起屁股底下的砖头砸了过去，流浪狗叫了一声，夹着尾巴跑远了。李清泉摸了摸自己的嘴，才知道自己的嘴角上还有饽饽渣儿，长叹一口气，心里说，这条狗刚才准是饿坏了，是来舔我嘴角上的饽饽渣儿当点心吃呢。唉，我怎么混到这样的地步了，我现在的光景，还不如那条流浪狗呢，最起码它不会为了最低目标和最高目标奔波劳碌啊，它找到一块儿骨头吃饱了，就全家不饿了，也就实现了它的最高目标了吧。它要是能在别处找到吃的，也不会冒着风险来舔我的嘴了，想到这儿，他又对刚刚被自己赶走的那条流浪狗产生了同情，后悔自己刚才不分青红皂白给了它一砖头。

看看太阳，估计人家都吃完中午饭了，他又去了一个陌生的地方，挨家挨户地敲门询问："大姐，有废铜旧铝卖吗？"接连吃了几家闭门羹。人家一开门，只见他满身尘土地站在门口，也不搭话，哐的一声直接就关上了门。还遇见了一个嘴损的，像审臭贼一样数落了他一顿，李清泉假装听不见，嘴里还一个劲儿地说拜年的话："大姐，大姐，行行好吧，再有废铜铝什么的就给俺留着，保证给你高价。"

太阳已经西斜了，李清泉的篮子和编织袋也才装了一半，瘪瘪的，像没吃饱青草的瘦山羊。他把篮子和袋子用绳子捆在一起，搭在肩膀上，走回了汽车站。车来了，可是他并不着急上车，他要等最后一辆车，那辆车到达检查站的时候，天就彻底黑了，也许蒙混过关还顺利些。上了车，李清泉一直往后走，把空着半截的尼龙袋子塞在座位底下，废铜废铝虽然没有装满，却装着他一天的艰辛和无奈，当然也有惊喜和希望。上车的人们都像商量好了似的，把自己的袋子尽量往车尾巴挤。

汽车晃晃悠悠来到了宽河检查站，随着“吱——”的一声刹车，人们的心也像被一根绳子提起来一样，一下子悬在了嗓子眼。这个检查站就是专门检查倒买废铜废铝的，货物一旦被发现，就会被没收。车门咔地开了，一个戴红袖标的人登上车，这人尖嘴猴腮，嘴里大喊着“检查”，眼睛直往行李架上和座位底下瞥。

“站起来。”他对着眼前的一个妇女大喊着。那妇女站起来后，“瘦猴儿”走过去，用脚狠狠踢了一下座位底下的尼龙袋子，那袋子鼓鼓的、硬邦邦的，硌得他的脚趾生疼，“瘦猴儿”急了，大喊起来：“这个尼龙袋子是谁的？快说。”

见周围没有人应声，他把尼龙袋子拽出来，提到车门口，扔到了地上。咣当一声，就如同砸在了人们的心尖上，那都是他们的血汗钱啊，却眼睁睁看着被人拿走了，还不敢作声，那份憋屈劲儿就甭提多难受了。接着“瘦猴儿”又从座位底下拽出了第二个、第三个袋子。今天上来的这个“瘦猴儿”看着眼生，可能是新来的，装着废铜铝的袋子已经被他提出去好几只，扔到了车下。货的主人就在车上瞪眼瞅着，却只能打碎了牙往肚子里咽，因为只要谁敢应一声，不但货得被没收，人还得被拘留，严重的还得判刑。李清泉眼睁睁看着自己的货也被提走了，他把牙咬得咯咯直响，胸脯像风箱一样一鼓一鼓的，呼呼地喘着粗气，却没敢发作。他心疼那些自己挨冻受饿辛辛苦苦收来的货，就这么被检查站的人轻易地抢走了，还说不得嚷不得，只能扔个肚子疼。他越想越别扭，气鼓鼓地回家了。

李清泉生气又想不出办法，谁也替他解决不了问题。回家后，他还在生气，气得一天没吃饭，可是一个大小伙子总在家生闷气也不是长久之计呀，没办法，歇了一天后，他又坐车去收铜了。

这天已经傍黑儿了，他登上最后一趟汽车，赶紧往后面走，将篮子和编织袋塞进最后一排座椅底下，在最后一排靠窗户的座位上坐了下来。车开了，摇摇晃晃地往回走，他也是真乏了，被车摇晃着，仿佛又回到了童年，躺在娘腿上，娘颤着他，唱着催眠歌："颤颤，颤轿官，轿官戴着个破帽圈，一捆子打歪了，两捆子打掉了……"

不一会儿，他就进入了梦乡。他真的梦到了娘，娘说："儿啊，你又瘦了，你可要多注意身子骨啊，千万别把自己饿坏了。"

突然，一阵吵闹声把他惊醒了，原来车停了，已经到了宽河检查站。宽河北边是滨海检查站，南边是津海检查站，来收废品的人们天天乘车，实际上和检查站的人也都熟了，有时也给他们一点好处，所以检查站的人也就当起了华君武画里的猫头鹰，睁一眼闭一眼，检查也就是走走过场。

可是这天上来的，还是上回那个往下扔货的“瘦猴儿”，这家伙刚刚上班，就想在同事面前露一鼻子。他一上车就盯上了二顺媳妇，二顺媳妇浓眉大眼，长得也确实有点漂亮，更要命的是二顺媳妇今天是第一次跟着狗蛋妈来收货，由于没有经验，一听说要检查就吓坏了，“瘦猴儿”上了车，她就吓得变颜变色，双腿哆嗦着一个劲儿地往座位底下伸，想把编织袋和篮子再往里推推，袋子其实已经推到头了，她只是下意识地想用脚挡住袋子。“瘦猴儿”很精明，一看这个漂亮女人紧张的样子，心里就有数了，直接走了过来，“你带着什么行李？检查。”

二顺媳妇更害怕了，嘴也跟着手脚一块儿哆嗦起来，连一句整话都说不出来，只是张开双手拼命地摇着。

“你座位底下是什么东西？拿出来。”

“不要，不要，求求你了。”二顺媳妇伸开双手，想拦住“瘦猴儿”。

可是“瘦猴儿”不吃这一套，还是一直往前冲。突然，他不知怎么踉跄了一下，往前一扑，伸着的双手正好抓在二顺媳妇鼓胀胀的胸脯上。

“你，你，干吗呀？”二顺媳妇带着哭腔大叫起来，同时和“瘦猴儿”厮打起来。

李清泉一看坐不住了，他看出来了，今儿个检查可不是走过场，这是要动真格的，要那样的话，谁的货都甭想带回去了。他想如果借着“瘦猴儿”这个茬儿把事情闹大了，也许还有希望蒙混过关，再说天天过检查站，天天说拜年的话，还得进贡，还真把他们给惯坏了。

他往前走经过狗蛋妈身边时，低头小声地说了一句："我现在找他们闹去，不然咱们谁也走不了，我要是今天回不去了，等下车时，你们把我收的东西一块儿带回去。"

说完就往前挤，同时嘴里大喊着："光天化日的，你敢借着检查要流氓，占女人的便宜，你算个什么东西？"

话到人到，李清泉左手抓住"瘦猴儿"的左肩膀子，右手抓住他的胳膊使劲儿往后一拧。

"瘦猴儿"哎呀了一声，跌坐在地下，吓得大声嚷嚷起来："来人，快来人啊，打人了，有人抗拒执法。"

车下立即又上了几个人，扭着李清泉下了车，把他带到检查站里。一个戴着蓝帽子当官模样的人问："你是干什么的？为什么多管闲事？"

"我们就是去市里串亲戚的，"李清泉一指"瘦猴儿"，"被他抓了奶子的那个女的是我的表兄弟媳妇，你这个当领导的说说，怎么办吧？"

"蓝帽子"盯着"瘦猴儿"问："是这么回事吗？"

"瘦猴儿"脸上红一阵白一阵的，可还是瘦驴拉硬屎，嘴里一个劲儿地说："没，没有，没有，我，我只是脚下滑了一下，结果……"

"我看得真真儿的，你就是成心装的脚下一滑，那我就问问你，到底摸上没摸上？"

"瘦猴儿"张了张嘴，没说出话来。

李清泉毫不让步，"你要是不承认，咱就上车问问，车上所有的人都可以作证。再不行咱就报警，你们这儿要是解决不了，咱就去派出所解决，我就不信，没有说理的地方。"

"蓝帽子"被李清泉挤对的一时也没词了，他只好强堆出笑纹，对李清泉说："别激动，你先去院子里待会儿，我调查一下。"

李清泉等了一会儿，又被叫了进来。

"蓝帽子"说："我们也是执行公务，最近从市里往外边倒腾废铜铝的人越来越多了，上面有命令要彻底查处。刚才的事就是一个误会，你反映的情况，我们以后也多多注意。"

"那你说今天这事怎么解决呢？"

"你说怎么解决？"

"那我今天就说句公道话，你们有公务，得仗着检查吃饭，乡亲们也得吃饭，也得活着，冰天雪地的收点废铜铝，这买卖跟要饭也差不多，他们就仗着这个活着。山和山见不了面，人和人总有见面的时候，往后还得仰仗兄弟们多多照顾照顾，今儿个这事我也就不深究了，回头我请兄弟们吃饭。"

"好吧，后会有期。""蓝帽子"站起来，伸出手。

"好，痛快，一言为定，相互理解一下最好了。"

再后来，李清泉去市里的时候，顺便会把自己家种的山芋提一袋子送去，或者是把新收的棒子磨成面或渣子，提上半袋子送给检查站的人。从那以后，就没有发生过什么大冲突。

不过，坐公交车去收货，过检查站时总是提心吊胆的，平常还老得进贡，李清泉想，不坐公交车，有没有别的路可走呢？他想试试。这条路对他来说是一条发家致富的路，他虽然不知道可以走多远，但谁也阻止不了他在这条路上坚定又顽强地往前走。

为了在这条路上走得更远、更顺畅，李清泉置办了一个新家当，一辆早就不知道看过多少遍的自行车。这辆自行车是他从独流（地名）焊来的，大名鼎鼎的金城牌，清水管的车架子，前叉子两边还各有一根保险叉子，这种车子驮个千八百斤的重货一点问题都没有。李清泉就骑着这辆“大铁驴”自行车，又闯进了滨海市，去开发自己的新领地。

李清泉白天去悄悄收购，收完了，还不敢立马骑自行车回家，要等到后半夜两三点钟，估计沿途执勤的下班了，检查站值班的也已经睡觉了，他才骑着自行车慢慢靠近。见外面道口没有人守着，才放下心来。李清泉下了车，推着自行车一点一点往前挪，低头钻过长长的横杆，长出一口气，又推着走一会儿，才抬腿上了车子，骑着就跑，恨不能把“大铁驴”骑出小轿车的速度来。一口气骑出十几里地，还害怕后面有人来追，就算拐上了土道，也不敢减速，继续猛蹬。

在土路上骑得时间长了，路面上哪有埝子，哪有坑，哪有狼窝，他都背下来了。骑着车子蹬多长时间，就知道该到哪个坑了，李清泉就提前踏着脚踏板不再往前蹬了，然后把屁股抬起来，双手稳住车把，等车轱辘经过了坑的两次颠簸后，他才重新坐上车座子。

这天，他骑着车子上了土路，刚刚走了几里地，月亮已经落下去了。他正轻车熟路地飞驰着，突然，他觉得前轱辘像是被镶进了地里不动了，李清泉身子一下子从车子上蹿了出去，折着跟头飞出好几米远，又落在地上，只觉得脑袋嗡的一声响，就什么都不知道了。

也不知过了多长时间，突然听见有人喊他："哎，小伙子，快醒醒，你这是怎么了？快醒醒。"

他睁开眼，只见眼前有个黑影，听声音是位老人，他强睁开眼说："大爷，我是个做买卖的，骑着自行车回家，也不知怎么人就飞了出去，摔倒了，您老人家行行好帮帮我吧。"

老人把他从地上拽起来，他头昏眼花，觉得脑袋有点疼，伸手一摸，摸了一手黏乎乎的东西，他知道是自己的头被磕破了。李清泉又往回走，找到自己的自行车，一摸，前叉子已经折了，前轱辘卡在一条小沟里，沟里还有新鲜的泥，应该是白天浇地的人新挖的，浇完了地，也没填平。他拽了几次也没拽出来，老大爷说："小伙子，我给你搭把手，咱俩一块儿拽。"俩人合力才把车子拽了出来。

李清泉说："大爷，麻烦您了，您好人做到底，我脑袋磕破了，您能帮我包裹一下吗？"

大爷也吓了一跳，扒着他脑袋看了半天，才说："这样吧，小伙子，我家离这儿不远，你到我家去上点药，我再给你做点吃的。"

“哎，太谢谢您老人家了。”

聊天中得知老人叫张友福，他晚上浇完麦子回家，从这儿路过，碰巧看到躺在路上被摔晕的李清泉。

刚刚跨过大门槛，还没进屋，张友福就喊：“老婆子，快把消炎粉找出来，来客人了。”

张友福扶着李清泉进了屋，老太太已经把消炎粉放在桌子上了。老两口给他清洗了伤口，又敷上消炎粉，用一块儿干净的布包上。好在口子不深，可后来还是留下了一个月牙一样的紫色伤疤，从远处看，就像一条蚕趴在额头上，眉头一动，“蚕”也跟着动。车子坏了，也没法儿骑了，李清泉就住在了张大爷家，第二天，老人又帮他把自行车推到了一个农机修配站，用电焊把前叉子焊好了，焊口比原来高出了一个大瘤子。

从此以后，每年春节李清泉都要来看望张友福老两口，手里提着点稀罕东西，老两口也像招待亲人一样招待他。

这天晚上，李清泉又推着“大铁驴”小心翼翼地来到检查站，刚到横杆前，正要猫腰钻过去，不料，检查站里走出来一个人，一见有人要钻杆，那人大喊一声，吓得李清泉忘了要猫腰钻杆，推着车子就往前冲，他直接从杆子上翻了过去摔倒了，车子也倒了。

见那人往这边追过来了，他也顾不得身上摔的哪疼了，扶起车子，推着就跑，跑了几十步，趁车子正跑得快，往后面一抬腿，上了自行车，就猛蹬起来。后面追的人又喊了两声，见屋子里也没有人出来帮忙，就不再追了。原来，那人是半夜被憋醒出来撒尿的，追跑了李清泉，他接茬儿撒完了尿，扔下一句“便宜你小子了”，就悻悻地回屋接着睡觉去了。

在检查站受到惊吓之后，李清泉再也不敢半夜悄悄过检查站了，他想找一条别人都没有走过的新路。他骑着车子，绕到检查站西边二三里地的宽河大堤，找了好半天，终于找到了一条放羊人踩出的小道。李清泉把车子推到了宽河边上，借着西斜的月亮，看到了宽河上粼粼的波光。

五月的天气，已经有点像夏天了，被太阳晒了一天的空气还是暖烘烘的，让人觉得很舒适。这时，朦胧的月色被一片云遮住，四周黑黢黢的，只能看到远处公路上偶尔经过的汽车灯光在移动。李清泉的“大铁驴”上，一边摽着一个尼龙袋子。宽河本来就是为了防汛挖的大河，河面有二三里宽，遥望对岸，一片昏暗，什么都看不清。李清泉先把衣服脱下来，赤条条的，像一条大白鲢鱼，闪着光。他左手抓着衣服，右手提上一只尼龙袋子，慢慢向河里走去。水一没过大腿，他还是哆嗦了两下，天够热，可水里还是有点凉。他并没有停下来，而是先蹲下来，让后背也沾上水，再继续往前走。很快脚够不着河底了，他把左手的衣服举出水面，右手提着袋子，双腿有节奏地向下蹬。

踩水，是他小时候在大坑里洗澡时学会的，当时还比赛看谁两只手都能始终举出水面。他又想起了那个无忧无虑的人生黄金阶段，他和一帮半大小子每天除了上学，就是背着筐子打草、打菜。到了大洼里，就如同鱼儿入了大海一样，先疯玩儿一阵，玩儿够了才去打草。在家里爹娘管得严，不让他下坑洗澡。打草时，他们就在小沟里玩儿水，又到大沟里去玩儿，喝了几次水后，在伙伴儿们的指导下，他学会了狗刨、扎猛子，又学会了倒水、“遛死人儿”（仰泳）、踩水。学会了凫水以后，李清泉胆子越来越大了，就和小伙伴儿们结伴，背着大人去大河里凫水，在子牙河，一口气凫一个来回都不觉得累。他们这些孩子就像打跳的梭鱼，在河里穿梭，“扑通”“扑通”，激起的水花引得河里的波浪跳得更高了。他们比赛凫水，比谁游得快、游得远，还能腾出手来击水，逼退将要超过自己的人。他们天天泡在水里，个个都练就了一身好水性，不想，如今人到中年，做买卖时被逼无奈，小时候练就的本领又派上了用场。

一下水，他的身子和心里都活泛起来了。借着水的浮力，手里的袋子轻了许多，一边踩水，一边慢慢向岸边靠近。他一会儿想起自己快乐的童年，一会儿想起自己的现在，觉得人活着也像凫水一样，要熟悉水性，手脚不停地划动，才不至于下沉。还要不断向前游动，才能离自己心中的目标越来越近。

他想着、游着，终于，双脚踩到了柔软的河底，他松了一口气。李清泉把衣服和袋子放在岸边，又摸了半天，摸到了一个大土块儿压在衣服上，怕被风吹跑了。他又游回去，提起了另一个袋子，这回腾出了一只手，可以倒着水游，这样比踩水凫得快多了。第三次游回来后，他把自行车推进了河里，一手拽着把，一手划水，“大铁驴”比较沉，李清泉凫水的速度慢了不少。

刚刚到河中心，突然他的右脚一紧，蹬不动了。他心里想，坏了，抽筋了，可他并不慌张，小时候凫水时，多次遇到这种情况，每次都能轻松化解。他把左手的自行车车把换到了右手，他不想撒手，水流大，要是撒开了，等会儿再找，就怕自行车被水冲远了。他深吸一口气，让自己的身子向后仰着，慢慢沉进水里，同时抬起右腿，蜷曲起来让脚尽量向左边靠，他摸到了小腿肚子上鸽子蛋大小的筋疙瘩，左手立刻抓住了右脚大脚趾向后扳，右脚很快就好了。他又拽着车把，向上一纵身，头就又露出了河面，继续往前凫去。

上了岸，李清泉先把两只袋子摽在“大铁驴”上，身上的水也被风吹干了。他穿上衣服后，又弓起腰，一手扶把，一手紧扳着摽好的袋子，摸着黑，一步一步推着车子往河堤上拱。河堤太高了，累了，他就把车子放下，喘口气，再继续推。

李清泉终于一步步登上了堤顶，看到堤上平整宽敞的路，万分惊喜。夜色中，那路像是一条大长虫，闪着灰白的光。路两旁的树被风一吹，叶子哗啦啦地响，李清泉听起来心里暖暖的，他觉得那是在为自己鼓掌。树叶们也知道他又找到了一条不通过检查站，也能安全到家的发财之路。

找到了这条新的发财之路，李清泉心里像开了花，他恨不能早一刻见着媳妇，告诉她这个喜信。

第二章

这天回到家里，已经五点多了，天都蒙蒙亮了，李清泉告诉媳妇，自己找到了一条不用经过检查站的平安大道，媳妇听了笑得很开心。他又把自己在宽河里拽着车子过河时，腿抽筋的事跟媳妇说了，媳妇一听就吓哭了，她说："谢天谢地，又找到了一条道路，只是太危险了，幸亏你自己救了自己，要不黑灯瞎火的，周围连个人也没有，真要有了什么事，可怎么办啊？"

李清泉安慰了她一顿，媳妇端来了他最爱吃的蒸米饭、鸡蛋汤，做了韭菜炒鸡蛋、豆角炒肉丝，还斟上了一杯白酒。李清泉酒足饭饱之后，躺在炕上，搂着媳妇，又讲起了"革命家史"。

"我从小就爱干活，农村里，春种秋收，年复一年，永远都有干不完的农活。我跟着爹娘每天都是起五更睡半夜，可一年下来，扣除化肥、农药、浇地等的钱，也就只够喂饱一家人的肚皮的，赶上天灾，就更难熬了。那一年，小河上坚冰的封盖上，滴下了第一滴水，大地被暖暖的太阳一天天抚摸着，也渐渐苏醒了。我们全家人去种蒜，蹲下来，往沟里按蒜瓣，抬头往远处一望，看见大地上有一层雾气一样的东西，在翻滚、蒸腾、上升，你知道那是嘛吗?”

媳妇拉着他的手，看着他的眼，摇了摇头。

“爹告诉我那是风水，天越热，风水就越多、越浓，它们就像水一样在流动。尤其到了夏天，大太阳毒毒地晒着，路上的风水流淌着，像波浪一样往上涌，一浪涌过去，下一浪又推过来。”

“爹还给我讲过一个故事，说跑长途的车把式在晚上给牲口喂料时，都会在它们的草料里撒上一把盐，等到第二天上路后，骡马走上几个钟头就累了，由于头天晚上吃了过多的盐，也就渴得厉害。它们一边走路，一边想喝水，前面的风水滚滚而来，仿佛再走几步，就可以来到那条奔腾的大河边，痛痛快快地喝个够。骡马们立刻就来了精神，不由得加快了脚步，为了早一会儿喝上水，它们不用车把式吆喝，就走得飞快。车把式稳稳地坐在车上，享受着大车一颠一颠的晃悠，享受着自己的小聪明给骡马身体内注入的仿佛无穷无尽的动力。”

“当然，等到真正休息的时候，给牲口饮水时，车把式也只是给每个牲口一小桶水喝，根本不够解渴的。如果任由它们自己喝，一定会把肚子胀爆的。”

“这些车把式倒是挺聪明的，就是把那些傻牲口给累坏了。”媳妇咯咯地笑出了声。

“再讲讲娘吧。”李清泉媳妇说。

李清泉就讲了起来。

一大早，爹就扶着耧耩地，爷爷牵着毛驴，李清泉和娘拉着砘子砘地，绳套在李清泉的肩上勒出了血印子，生疼。可他望着娘弯成弓的背影，身上就有使不完的劲儿，拉着砘子吱扭吱扭地一步一步往前挪。从割麦到耩地的几天里，全家人都没有睡过一天的囫囵觉，一天都没有歇过。

这天早晨，李清泉浑身发软，都起不来炕了，娘过来一摸，发现儿子的额头烫手，就知道他病了。娘早晨没有去干活，留下来照顾他和弟弟。忽然，一股香味儿透过门帘缝，从外间屋钻进了屋里。真香啊，李清泉全身瘫软，但还是猛吸了两口。真香，娘做什么好吃的呢？

不一会儿，娘掀开门帘，“小泉，这几天你累坏了，吃饭吧，白面饼。”

李清泉也不说话，拿起白面饼就狼吞虎咽地吃起来，吃到一半，才发现白面饼里还夹着韭菜炒鸡蛋。

娘说：“你慢点吃。”

原来那股香味儿就是炒鸡蛋的味道，他不由揭开了饼，绿绿的韭菜、黄黄的鸡蛋，看着就好看，吃到嘴里就更香了。已经好几年没有吃鸡蛋了，除了爷爷和弟弟吃几个，剩下的都要攒着，交到供销社里换钱。

他说：“娘，你怎么不吃？”

“娘吃完了。”

他知道娘说的是谎话，她根本舍不得吃鸡蛋。她每天早晨都要早早地去队里挑浆子（制作淀粉的下脚料），本来她是挑浆子大军中个儿最高的，可是长长的扁担把她的腰压弯了。

进了腊月，两头猪都有二百多斤了。这天早晨，娘给两头猪做了一大锅糨糊糊的籴籴汤，两头猪狼吞虎咽地吃着，它们不知道的是，这是它们在李家吃的最后一顿饭了。爹找来了叔叔伯伯们捆猪，两头猪嗷嗷大叫着，好像受了多大委屈似的，被抬上了千斤车拉走了。爹回来时，拉来了竖尖冒流的一大车粮食，走进屋里，还把一沓钱递给娘。

“这么多呀!”娘笑了。娘接过来数了两遍，把钱放进了柜子里。

在李清泉的记忆里，交猪回来以后，爹娘数钱时脸上的笑容是最灿烂、最令他难忘的，平时难得见到俩人的笑意。

娘平时还让李清泉去打菜、打草，喂那五只羊和十几只兔子。猪、羊、鸡、兔子，这些就是李清泉家里的“动物银行”。过年了，他和弟弟给爷爷拜年，爷爷拿出一个红纸包，里面包着一块钱，爹娘也是给每人一块钱压岁钱，为此他要高兴好几天。

过年之前，为了好好表现，他把院子扫得干干净净，还要铡干草、拾柴火，每天忙活个不停，只是为了对得起爷爷、爹娘给的压岁钱。家中的生活紧巴巴的，他放学后不是去打草、打菜，就是拾柴、拾山芋、刨仓官窝，他为这个贫困的家庭贡献了一份自己的力量。他不让自己停下来，为了让爹娘看到自己生养的儿子能吃苦、能干活，脸上再多一些笑意。

娘的脸色青黄，时常咳嗽，可她每天还得去挑浆子、做饭、切猪菜，冬天还要温猪食，再喂饱那些猪、羊、兔子，整天脚不沾地地忙碌。晚上还要给全家人缝补衣服、做鞋、织毛衣，到了年关，还要给全家人每人缝制一身新衣裳，常常到了半夜，还能听见娘干活时发出的咳嗽声。

秋天到了，爹带着李清泉去掰棒子，棒子叶像长长的双刃刀。虽然穿着长袖衣服，手一蹭到叶子上，还是会被拉出一道道的血印子，汗水滴在上面，就会钻心的疼。李清泉咬着牙不作声，照样在棒子地里穿梭，掰下棒子，再倒进车里，拉回家中。

晚上，剥棒子时，娘看到李清泉手上一道道的血口子都结了痂，就流泪了，他却笑了笑："娘，没事，过两天就好了。"

见媳妇的眼角红了，李清泉接着说："娘做的韭菜炒鸡蛋是我吃过最好吃的菜，可娘没有享福啊，早早地就走了，也没能看到我娶媳妇。现在媳妇你又在替咱娘照顾我，像娘一样操持着咱这个家，我可真有福啊！"

媳妇的眼泪流下来了，这是欣慰的眼泪，嫁给眼前这个壮实的男人，她这一辈子知足了。不管有多累，他从来不说，每天照常起五更睡半夜，还不是为了把日子过得好一点吗？她伸开双臂紧紧抱住了李清泉。

从这天开始，李清泉收完货回来时，都走这条旱路加水路的安全大道，从来没出过错。天冷水里有冰碴儿了，他仍然下水，浑身冻得直打战，他也不在乎。过了大雪，寒风凛冽，直到河面上冻了一层冰，他才不从水里过了，还是等到凌晨两三点钟，才敢去检查站碰运气，心惊胆战地钻杆，每走一步都特别小心，生怕弄出一点声音。

时间一长，李清泉在滨海市区有了一批固定的客户，有货就给他留着，李清泉也时常把城里客户眼中的稀罕东西给他们捎去。

李清泉把这些客户看得很重要，除了捎稀罕东西，见面后也格外客气。人都是感情动物，客户能感觉到他的真诚和朴实，一来二去，那些客户有几天见不着李清泉，还有些想他。

这年初冬，一个客户捎来口信，让李清泉去滨海市里收货，他当即告诉带口信的人，“没问题，后天准到。”

可是没想到，当天晚上，就下起了大雪。第二天，虽然天晴了，却又刮起了大风，西北风呼呼直叫，像千万只野狼在嚎叫。太阳一高，又把雪烤化了，下午气温又骤降，化了的雪又重新冻成了凌板儿。

第三天早晨，天还没亮，李清泉就起来了，扒拉了两口饭，骑上自行车一出门，不由得缩了一下脖子。西北风像刀子一样，刮得他脸生疼。冷风就像一条条小蛇，从他的脖领子、袖口钻了进去，李清泉身子又不由自主地哆嗦起来。他把棉裤的腰带紧了紧，又回屋里找出两条围脖，一条围在脖子上，另一条扎在棉袄外边，一抬腿就上了自行车。

到了村子外面，土路上一个行人也没有。雪本来已经化成了水，寒风吹了一夜，又冻成了冰，在这镜子面一样光滑的冰面上骑车，得格外小心。又是顶风，走了二里多地，李清泉身上就出汗了。一个没注意，他的车把拐得愣了点，啪的一声，车子摔在了地上，又滑出去很远才停下来。他的胳膊和腿上都疼，不用摸他就知道，胳膊肘和膝盖已经磕破了。他强忍着疼痛，慢慢把车子扶起来，依然小心翼翼地骑着往前走，衣服一蹭，疼得他直咧嘴。

太阳一高，气温又升高了，路上的冰开始融化，土路就变成了泥路。路上先是出现了两条车辙印，紧接着两个车轱辘上都塞满了厚厚的湿泥。不一会儿，车轱辘就不转了，车闸和前叉子处拥起了两个大泥团。他只好扔下车子，找来树枝，往下扒拉泥团，走不了几步，泥就又塞满了。李清泉想扔下车子步行往前走，走了两步又回来了。他想，走着去也不行，收完了货，这么远的路，总不能靠肩膀往回扛吧？还有几十里地了，不能把自行车扔在这儿。用树枝剔完泥后，李清泉推着自行车走了几步，不一会儿车轱辘又被塞得不转轴了，他干脆蹲下，把自行车扛在肩膀上，又挺直了腰，一步一步地往前挪。

也不知道走了多少里，太阳已经偏西了，李清泉终于看到了前面的柏油路，他心里一阵高兴。夕阳，给那条本来黑黢黢的路镀上了一层金色的光芒，在李清泉眼里，那就是他的希望之路。本来想快跑几步，早一秒踏上那条硬实的路面，可是不知怎么的，他身上的力气却仿佛一下子被抽空了，自己也像个被针扎漏了的气球，慢慢瘪了下去。他把自行车往地上一扔，四仰八叉地躺在了路边上，再也爬不起来了。他躺的地方，离柏油路还有十几步远。

歇了足有两袋烟的工夫，他才慢慢地缓过劲儿来，看看周围，天已经黑透了，他才听见自己肚子一直在咕咕地叫。李清泉把车子扛上了柏油路，又用树枝剔出淤泥，骑上车不顾一切地蹬起来。

终于看到了一个小饭店，他把车子一扔，冲了进去，门咣的一声开了，把饭店老板吓了一跳，手里夹着的大喇叭筒纸烟也掉在了地上。只见进来的人，头上流着血，膝盖上的裤子露着沾满泥的棉花，还有红红的东西渗出来，洇透了棉花，浑身是泥，走路一瘸一拐，手上也是血道子。

老板说话舌头有点拌蒜，“你，你，你要干吗？”

“别，别害怕，我要吃饭，我是过路的，给弄口吃的吧。”

老板这才把心放到了肚子里，“想吃嘛呀？我这儿有烩饼、焖饼、水饺。”

“那就来二斤烩饼。”

“几个人吃啊？”

“一个。”

后面厨房锅碗瓢盆一起响，不一会儿，服务员就端上了四大碗热气腾腾的烩饼，老板好奇地看着眼前的泥人儿，想看他怎样把这四大碗烩饼吃进去。李清泉抄起筷子就往嘴里扒拉，刚烩的饼太热了，烫得他直伸舌头，嘴里就算被烫起了燎泡，也没舍得把那口饼吐出来，哈着气吞了下去。

“老板，快，来盆凉水，再拿个空碗来。”

老板不知道他要干什么，就照做了。只见泥人儿把半碗烩饼拨入空碗里，倒进去半碗凉水，用筷子一擢拉，几口就把碗里的水和饼吞进了肚子里。照方抓药，不一会儿，四碗烩饼风卷残云般地都被吃光了，老板看呆了，把自己吐出一半的舌头用手塞了回去。接过泥人儿递过来的钱，再一抬头，泥人儿已经骑上自行车，上了马路。

“这是饿死鬼投胎吧，这人可真有意思。”老板望着远去的背影，皱着眉头说。

李清泉赶到客户家的时候，已经是晚上八点了，客户也被他身上的血痕和满身的泥水吓了一跳，问他是怎么回事。李清泉说：“嗨，别提了，早晨路上都是凌板儿，摔了一跤。后来凌儿又化了，满地都是湿泥，红胶泥塞得车子不转轴，我扛着车子一直走了老远，才赶到柏油路上，我就成这副德行了。”

“大哥呀，变天了，你就不会等天好了再过来吗？”

“不行啊，哥儿们，我口信捎回来都定好了，今天我来取货，错过了今天，我就不厚道了。我李清泉是个吐口唾沫钉个钉的人。”

客户一听，连连竖起大拇指，“行，够哥儿们，你这个朋友我交定了。”

从此，李清泉成了这个客户的唯一主顾，他有了废铜铝，就都给李清泉留着。

李清泉觉得骑着“大铁驴”去卖货、收货，比坐公交车强多了，无论多晚，都可以骑着回家，自行车上驮的货比坐车提回家的还多。虽然两条腿要不停歇地蹬几个小时，累得慌，只要货能够平安无事就值得。只是骑自行车花费在路上的时间长，所以他每天都得早早地出发。出发的时间每天都是一样的，他已经习惯了，不用定闹铃也会准时醒来。

这天晚上，一点刚过，李清泉就睡不着了。他几乎天天都是夜里出发，两点准时离开家，这天醒得早，干脆就早走会儿。刚出家门的时候，他还是精神抖擞的，骑着骑着就犯困了，两只胳膊就麻木了，脚下只是机械地蹬着。他怕摔跤，只好下车推着走会儿，跺跺脚，脚指头不麻了，手臂不太酸了，才骑上去又蹬起来，到了滨海市已经过了四点半快五点了。

天还没亮，他就在大街上来回溜达着，跺着脚取暖。天刚蒙蒙亮，卖早点的出了摊，李清泉花几毛钱买俩干烧饼，喝碗豆浆，就又去联系卖主了。在滨海市，走街串巷一天，所买的东西能够装满一车子了，他才找个地方坐下来，等天黑透了，直到夜里两点才敢动身骑车回家。回家早了，说不定就会遇到检查的，不仅收的货会被扣掉，还会被罚款，公安、工商、税务哪个部门都管。

李清泉骑车到家又是早晨五点了，两条腿冻得都已经麻木了，他只好把车子倚在墙上，自己一点一点从车子上蹭下来。打开家门，媳妇帮他把车子推进院子里，插上门，李清泉就进了屋。媳妇洗了手，端饭进来，撩开帘子一看，李清泉鞋都没脱，已经倒在炕上打起了呼噜。媳妇眼里含着泪，默默地替他脱去鞋子和衣服，又给他盖上被子，一通折腾，李清泉还是睡得像死猪一样，根本就没醒来。

赶上夏天，李清泉骑自行车去市里时，媳妇怕他夜里饿了，就给他带个馒头，灌一壶水。有一天早晨，他饿了，拿出自己带来的馒头，咬了一口，发现不对劲儿，从嘴里咬下的那口馒头上拔出了一条条长长的丝，嚼了两口，嘴里也尝出味道是酸的了，白天天儿热，这馒头用布包得太严实，就馊了。他嚼了几口，停了一下，接着又大嚼起来，把一个馒头就吃进了肚子里，又对着水壶嘴咕咚咕咚灌了两口，用袖子擦了擦嘴。

他知道这个馒头是媳妇特意给他留的，媳妇自己天天吃棒子面儿，却把馒头给他留着，从媳妇牙缝里挤出来的这个馒头虽然馊了，他也没掉一个渣儿，全吃了下去。家里的日子，要是没有媳妇的精打细算就过不下去了，他跟自己说，要是能过上天天吃馒头的日子该多好啊，为了这个做梦都想的好日子，你就得勒紧裤腰带，多挣一点。俗话说，男人是搂钱的耙子，女人是盛钱的匣子，你搂不来钱，让媳妇的匣子里盛嘛呀？

李清泉正想着，忽然肚子叽里咕噜直响，紧接着就开始翻江倒海般的拧着疼。他马上想到，可能是吃那个馊馒头吃坏了肚子，他急忙沿着空寂的街道跑了起来。好在他常来，哪有厕所都知道，可离这儿最近的厕所也得跑十来分钟。他疼得已经直不起腰来了，骑不了车子，只能跑着去，头上的汗珠大颗大颗地滚下来。他捂着肚子甩开大步，一路狂奔，引得路上的行人都回头看。终于见到厕所，他就像见到了救星，一通一泻千里之后，肚子才不那么疼了。他咬牙坚持着，去买货、装货，这天一共拉了五次，拉得身上软绵绵的，脚底下像踩着棉花。他驮着三百多斤的货，摇摇晃晃地骑回了家。

见到自家大门，李清泉就再也没有力气了，他把车子直接倚在了墙上，咣当一声把媳妇惊醒了。每次回来，都是丈夫自己开大门，再把车子推进来，今儿个怎么没开门呢？媳妇急忙走出来，开了大门，看见李清泉背靠着墙，坐在地上。

媳妇问：“怎么了，这是？”

“没事，就是拉肚子，身上没劲儿了，你扶我一把。”

媳妇把他拽起来，扶着进了屋，翻箱倒柜地找出消炎药，“哎呀，不行，这盒药已经过期了，别吃了。”

李清泉一把抢过药片，喝了口水，一仰脖，咕噜一声就把药咽了下去，还说：“过期了，也还是药，放上几年的棒子粒种到土里，不是照样也能出苗吗？”

晚上，李清泉骑着自行车，在夜深人静时偷着经过检查站，让人惊魂不定。但回家的路只有检查站这一条，就像人的嗓子眼，也只能明知有危险，冒着危险也要前进。

第三章

骑车通过宽河检查站也有许多麻烦，还要倍加小心。李清泉不仅担心自己辛辛苦苦收来的货被检查站没收，还怕自己被拘留。一天，他扛着一袋铜跨过一条壕沟，脚下的土松动了，他直接跌进了壕沟里，腿也磕破了。他在沟底躺了好半天，才缓过劲儿来，忍着疼痛一瘸一拐地摸到了那袋铜，又继续往前走。

李清泉带来一把挖井用的短把小铁锨，在距离公路不太近的地方转悠了好一会儿，才选中了一个沟浅坎低的地方，把已经上冻的土坎一点点挖平，把土填进狼窝里，修出了一个缓坡。从此他晚上再过河时，就走这条道，省劲儿多了，有不少骑车卖废品的人也喜欢走这条路，时间长了，他修出的这条道就变得光滑坚实了。

这一年，已经是二九了，宽河已经冻上了冰，李清泉想试试，看看冰冻得是不是结实。他扛着一个鼓鼓囊囊的尼龙袋子，慢慢走上冰面，突然咔咔两声脆响从脚下传来，他不敢走了，但又马上想起，小时候和小伙伴儿们在冰上打尜儿时常遇到这种情况，他就镇定下来了，立即随口念了起来：“凌炸，凌炸，别害怕。”

看着没事了，他又在冰面上小心翼翼地往前走，已经走过了河中心，冰又响了。这回他不敢再往前走了，回头来到岸上，解下绳子，系在口袋上，拽着绳子慢慢地往前走，这回凌炸声比刚才他扛着口袋时小多了。两个袋子都拽了过去，他又回过头来拽车子，哪里会想到，这回就出事了。

已经走过了河中心，突然咔的一声响，李清泉还没有反应过来，双腿同时落入了水中，水一下子就没到了他的胸口。他急忙撒开绳子，两手去抓冰沿儿，冰很滑，根本就抓不住。他用两个胳膊肘压着冰，身子往上蹿，想撑住身子，哗啦冰又碎了，他又掉下了冰窟窿，冰窟窿被他弄得越来越大。他一看，靠自己是出不去了，就不再扑腾了，扒着冰沿儿，向着漆黑的夜空，绝望地大喊：“救命啊，救命啊，快来人，救命啊……”

可是周围连一个人都没有，他并没有放弃，还是高声地喊。

“别慌，稳住了，我来救你。”突然，从南岸传来了声音。

李清泉抬头望去，什么也看不清，他只好继续大喊：“我在这儿，我在这儿。”

李清泉终于看到了一束昏黄的手电光亮，这人应该快到河边了。李清泉倒冷静下来了，他喊：“大哥，这冰太薄了，你直接上来也得塌缸，你看看堤上有没有小树，撅一棵，拿在手里保险。”

那人就折返回去，不一会儿，手电光又晃了过来，他还真拿来了一棵小枯树。那人一上冰，冰又咔咔响起来了，他就趴下，爬着往前走，他想把小树递给李清泉，可是冰又咔咔接连响起来。

他用眼四处踅摸，说："要是有根绳子就好了。"

李清泉立刻想起了，"北边，我的车子上系着一根，可以解下来用。"

那人爬到自行车旁，解下李清泉拴着自行车的绳子，兴奋地说："行了，行了，你有救了。"

他把绳子系在树梢上，把手电放在冰面上，抓住树根，把树像抡鞭子一样抡起来，朝着李清泉抡了过去。抡了几次，绳子头终于抽进了冰窟窿里，李清泉一把抓住了。

那人喊："你两手拽住绳子，千万别撒开，我一拽绳子，你就用脚蹬水，就像踩水一样。"

李清泉把绳子在手上缠了两圈，双手死死抓住，说："行了，拽吧。"

那人一用劲儿，李清泉双脚一蹬，身子就漂了起来。

"别往前蹿，一压，冰就又碎了，你就借着我拽的劲儿走。"

李清泉拽住绳子，两脚拼命地蹬着水，身子就浮起来了。那人慢慢地拉动绳子，李清泉的胸口终于趴上了冰面，这回冰没塌，脚也上来了。

那人又说："你别起来，还像我那样，趴着往前爬。"

李清泉答应了一声，慢慢地爬到了岸边。那人想站起来，脚下的冰又破了，一只脚掉进了水里。

李清泉大喊：“快躺下，侧身躺下。”

那人侧身躺着爬到了岸上，把李清泉也拽了上来。李清泉两手抓到冰冷的泥土的那一刻，他哭了，“大哥，这半夜三更的，要是没有你，我今儿个就得死在这儿了。”

“不用谢，快，咱俩去找户人家，先给你换身衣裳，不然就冻成冰棍了。”

那人扶着李清泉跑下了河堤，沿着小路往前跑了二里来地，才找到一个小村庄。他们敲响村边一户人家的门，过了一会儿，院里的门灯亮了，接着大门打开了，一位老大爷迎了出来，一看浑身是冰的李清泉吓了一跳，赶忙把他们让到屋里，找出自己儿子穿过的一身棉袄、棉裤，让李清泉换上，小是小点，也凑合了。

李清泉和那人又来到宽河边，爬上冰，用绳子把车子也拽了过来。俩人从堤上推下自行车，一问，才知道救命恩人叫王德顺，许家铺人，他和李清泉一样，也是骑着自行车去收购废铜铝的。王德顺比较幸运，他过冰的时候倒是没有塌缸，只是刚才救李清泉时，一只脚踩进了水里。

天亮了，李清泉才回到家中，媳妇早就打开门等着他了，一见面就是一愣，怎么平日挺合身的棉袄、棉裤都露着手腕子和脚脖子，而且头上都冻上了冰？李清泉一说经过，媳妇哇的一声哭了，赶紧让他上炕，给他盖上了两床棉被，又沏好了姜糖水，端过来给丈夫喝，又去烧炕，把炉子通开。等李清泉身上稍微缓过点劲儿来了，媳妇又端来了可口的饭菜，一口一口喂给他吃，一边喂一边掉眼泪，眼泪就掉进了勺里和碗里。李清泉说：“媳妇，你这是喂饭呢，还是喂眼泪呀？是不是你做汤的时候，放重了盐了？”

“没有啊。”

“你就是放重了盐了，要不怎么这么齁得慌呢？原来这一碗汤里有你半碗眼泪呀！”

媳妇笑了，说：“你还有心笑？差一点就见不着你了，你要走了，我也不活了，要是遇不到好心人，咱家就全完了。”

第二天，李清泉没有去收货，昨天他跟王德顺已经说好了，今天他要去许家铺，让他等着。李清泉和媳妇骑着两辆自行车，买了东西去了许家铺，见着王德顺和他媳妇，俩人千恩万谢。李清泉媳妇又哭了，说：“大哥，没有你，我们家清泉就没命了，我给你磕头了。”说着，就跪下磕了头。王德顺和他媳妇连忙把她扶起来，李清泉也跪下去，磕了一个头，说：“往后咱们就是亲兄弟，你就是我大哥。”

王德顺马上把他们扶起来，说：“兄弟，你说多寸，我把车子推上了大堤，又在地上撒了泡尿，正想骑车离开，就听见你喊救命了。我要不撒尿，直接走了，你喊多大的音儿，我也听不见了，阴差阳错救了你，这也是咱哥儿俩的缘分呢。”

李清泉和他媳妇又来到了宽河村，找到了张大爷家，李清泉说：“您老人家要是不留下我，给我换身棉衣裳，我在宽河没淹死，也得给冻死啊！您老人家就是我的救命恩人，我想拜您为干爹，您愿意吗？”

张大爷一把抓住李清泉的手，“你是个知恩图报的好孩子，我愿意。”

李清泉和媳妇就跪下，磕了头，一块儿说：“干爹，给您磕头。”

“哎，哎，好孩子们，快起来。这也是咱们爷儿俩的缘分。往后，出门在外一定要多注意，凌儿要是薄了，千万就别上了，宽河好几丈深，掉下去就坏了。”

逢年过节的，李清泉都会买东西，捎着酒和菜去看望干爹，爷儿俩还得喝几盅，李清泉的媳妇有空也跟着一块儿去。

李清泉倒是没有把塌缸的事放在心上，他想，要是我能有一辆车，开着去收货，不光可以多拉货，人也可以少受罪，那该多好啊。

李清泉先去卖车的门脸转了好几圈，又让媳妇打开钱匣子数了两遍，心里有数了，他就买了一辆小三马车。回了村，在大街上转了两圈，引来了许多羡慕的目光和夸奖。这回开起来更快了，他觉得就像飞起来一样。

开小三马车用不了两个小时就能到达滨海市，车斗里能装上千斤货，比自行车可强多了。李清泉可以多睡一会儿了，晚上三点去，第二天下半夜回来。但是有一样，这三马车夏天开着凉快，冬天就不行了，车楼子里四面透风，开一会儿，身上就冻透了。车把上系着狗皮缝制的把套，他再戴一层厚厚的棉手套，头上戴着棉帽子，脚上穿着翻毛大头鞋，即使这样的全副武装，手脚还是被冻得麻木，麻木过后就是猫咬一般的疼。但为了能养家糊口，他也只能豁出去，从三夏到三九，几乎天天这样来回跑。

刚进腊月，李清泉又在清晨五点多到了滨海市区，天还黑着，远处的路灯发出昏黄的光。这天出奇的冷，有零下二十多摄氏度，他的眉毛、胡子、狗皮帽子和把套上，全是白霜。他刹住了车，坐在车里，身子僵硬，已经下不来车了。他活动活动胳膊，拍打拍打腿，好一阵儿才感觉出全身麻酥酥的，像是有数不清的蚂蚁爬满了全身，正在拼命啃咬。站起来想走几步，却像喝醉了酒一样东倒西歪，只好扶着墙溜达，过了好一会儿身上才暖和过来。

天刚蒙蒙亮，经一个熟人介绍，李清泉找到了一个叫赵三的小伙子，三马车开到了他们家门口，赵三迎了出来，和介绍人嘀咕了几句后，引着李清泉开车又走了半个来小时，来到一处大杂院最里面的一间小屋门前，门上挂着一把大铁锁。赵三向四周看了看，才打开锁走了进去，李清泉也跟着走进屋里。赵三打开电灯，只见地上堆着许多整盘的新电线，外包装的塑料皮还没拆掉，还有许多铜棒和铜板，也都是崭新的。

赵三往地上一指，用眼角瞟了一下李清泉，问："这些要吗？"

李清泉犹豫了一下，又点了点头，说："要，只要是废旧金属，铜、铝、锡等都要。"

"行，过秤，装车。"

李清泉指了指地上问：“这些都卖吗？”

“都卖。”

李清泉把地上的东西分门别类放成一堆堆的，又捆成一捆一捆的，用秤称了重量，算完了账，说：“一共五百三十二，我给你五百三，行不行？”赵三点了点头。

李清泉付款后，就把货装车上了，然后找了一个早点摊，狼吞虎咽地吃完饭，就坐在装满货的车斗上睡着了，一直等到后半夜三点，才开着三马车往家走。这一车货算是买着了，卖完后赚了二百多块钱，他心里有点小惊喜，还有点他自己也不愿意往深处想的担忧。

腊月二十八了，李清泉想歇两天，拾掇拾掇屋子、院子，置办点年货。他去赶集买年货回来，见大街上停着一辆警车，也没在意，提着猪肉、粉条等一大堆东西进了院子，隔着窗户就看到屋里有几个人正跟自己的媳妇说话。正往屋里走，屋里的那几个人已经迎出来了，是警察，他心里咯噔了一下，又瞥见媳妇脸色煞白，就知道事不好。可心想，每次警察都在检查站那待着，今儿个怎么追到家里来了？

他把手里的东西递给媳妇，问警察：“怎么了，警察同志？大过年的，还劳烦你们几位跑这么远。”

一个清河镇派出所的警察一指其他几个人，“这几位是滨海市公安局的，有事找你。”

那三个人里一个高个儿的警察拿出一张照片，“认识这个人吗？”

李清泉低头一看，正是赵三的照片，点了点头说：“见过一面。”

警察又问：“你跟他怎么认识的?”

“二十天前，我在他那买过一次货。”

“买的什么?”

“有电线，还有铜棒和铜板。”

“货呢?”

“早就卖了。”

“卖给哪村了?”

“旺村。”

“那就领着我们，去你卖货的地方看看。”

李清泉一听就知道问题出在了货上，就问：“那货有什么问题吗?”

“以后你会知道的，快上车，现在就去你的买家。”

车一直开到了大城县的旺村，找到了买货人，可是电线早就被割开了，铜线、铜板和铜棒都已经卖给了铜厂。

最后，警察们把李清泉和那个买家都带回了滨海市公安局，在这里见到了蔫头耷脑的赵三和那个熟人，李清泉才知道自己从赵三那里买来的货，都是他们俩合伙从工厂里偷出来的。李清泉明白，自己成了熟人、赵三这条线上系着的第三个蚂蚱，既然已经被警察穿到这条线上，谁也跑不了。他反倒不紧张了，说了自己看货、买货、装货、卖货的全过程，只是再三强调：“赵三说这些东西是他买了自己用的，后来用不着了，就卖给了我，我真不知道这些货是偷来的，要是知道，借给我俩胆儿，我也不敢买呀。”

警察却说：“不知道也不行，他们两个盗窃，你们两个是帮他们销赃，谁也逃脱不了干系。”

这一年的大年三十，李清泉第一次没有在家里过，而是在拘留所里度过的，直到半年后才被放出来，还被罚了款。回来后，李清泉反思，都是自己财迷心窍才带来了这样的教训。从此，他不再去滨海市市区买货了。

歇了几个月后，李清泉在滨海市郊区又联系了一些收购废品的人，他也把小三马车换成了大三马车，还是起五更睡半夜地拉货，白天再出去卖货，连续十几天的奔波，已经让他有些撑不住了。这天，收完货，又等到晚上三点，他开着三马车来到了检查站，把车熄了火，推着车往前走，右手轻轻托起了横杆，左手扶着车把，悄悄经过了检查站，又推出很远，才敢重新发动三马车。可是又开了一个多小时，他就犯困了，两个眼皮直打架，他喊着自己的名字，“李清泉呐，你可不能睡，你正在开车呢”。不管事，他就用左手在自己的大腿里子的厚肉上使劲儿拧了一下，一个激灵清醒过来，可是过了一会儿，眼皮又打架了。

他仿佛回到了无忧无虑的童年，正在大街上疯跑着，手里举着一个大扫帚扑蚂螂，城里人叫它蜻蜓。这天，天上蚂螂可真多，有红身子的火蚂螂，也有蓝肚皮的官蚂螂，还有尾巴上挂着圆钱的钱蚂螂。他一边扑，嘴里一边嚷着：“官蚂螂，钱蚂螂，给你娘个大烧饼。”

“蚂螂蚂螂高高，架火烧烧；蚂螂蚂螂矮矮，让我逮逮。”

蚂螂一只只一群群围着他低飞，只要他一挥扫帚，它们就一起往高处飞，就是不让他扑着，他急得红头涨脸，用手背抹了一把流进眼里的汗，又迈开大步继续追前面的一只官蚂螂，不知不觉来到了野外。

“小泉，小泉，快回来呀。”忽然，他听到了娘的喊声。

他一边跑着一边回头，嘴里应着：“娘，我知道了，扑完这个官蚂螂，我就回家。”

忽然脚下一绊，他摔倒了，头重重地磕在地上，“哎哟，疼死我了。”

他想睁开眼，两个眼皮却比棉门帘还沉，怎么也撩不起来。也不知过了多久，脑袋钻心的疼，疼得他终于睁开了眼。可他一看，才发现不对劲儿，自己没有拿着扫帚扑蚂螂，而是坐在三马车车楼子里，额头上火烧火燎的疼。

车已经停下来了，他连忙去推车门，却推不开。他往前看了一眼，不禁倒吸一口凉气，他的车头正顶在一棵大榆树上，车已经从公路上跑到了旁边的沟坡上，要不是车头顶住了大榆树，车早就冲进路边四五米深的沟里了，沟里还有一汪清水，映照着惨白的月亮。他想，车要掉下去，翻车了，没准儿就得把自己砸坏，就算不翻车的话，冲进沟里也会被淹死，这前不着村后不着店的，路上根本没有人，谁会来救人呢？他又摸摸自己的额头，摸了一手血，玻璃还碎了，想是车被树顶住，由于惯性自己的脑门儿重重地撞在了前面的挡风玻璃上，把玻璃撞碎了，稍微一动，膝盖也疼，他就不敢再使劲儿推车门了。

车门打不开，他只能盯着公路，看到过往的车辆和行人就拼命地呼救，终于有辆汽车在路边停了下来，可是外面的人怎么也拉不开车门，后来，那两个人又找来一根撬棒，把门撬开了，把他从车里扶出来，送进了附近的医院。

他对这两位救命恩人千恩万谢，还留下了他们的联系方式。好在除了头上和膝盖受了点皮外伤，其他地方都是挫伤，脑袋撞得有点晕，住了几天医院也就出院了，可算是有惊无险。李清泉牢牢记住了这个教训，逢人就说，我这是在阎王爷那转了个圈又回来了。从此以后，每次出车前，李清泉白天都要在家里补觉，他警告自己，千万不能再连宿打夜了。

有时他也想，我受大累挣个辛苦钱，还得像做贼一样偷偷摸摸的，专挑夜里去，又夜里回来，要不我能出车祸吗？这是把脑袋别在裤腰带上做买卖啊，什么时候才能光明正大地做买卖呢？就像文安、大城的人们一样，中间只隔着个子牙河，为嘛两边的政策就不一样呢？

第四章

滨海市拆废政策本来就比附近的县市要求得更严，因为拆废必然会造成环境污染，如果不重视，必然会带来恶果。

清河镇的拆废逐渐形成了规模，国家政策才有了倾斜，允许人们光明正大拆废了。河湾村附近几个村的拆废场地如雨后春笋般，一夜之间冒出了几百个，老板比路边的砖头还多，一脚下去就能踩上好几个。拆废才刚刚起步，许多小老板也不识货，李清泉就开着三马车在各场地转悠，他自己识货，在转悠的过程中就能够找到自己需要的货。

人们最早拆的是“牛粪”，“牛粪”其实就是被机器打瘪了的小电机，没有外壳，露出里面一层层的铁芯和线包，人们就形象地称之为“牛粪”。用锤子击打剁子，把电机的铁芯剁开，再把里面的铜丝、铝线等抽出来，分门别类卖掉。开始时，一般是几家人合着干，每人花几百块钱买来一堆，再按出资的多少称重分堆，然后各自拉回家去拆解。有的小老板拉来了整集装箱的货，不是自己拆，而是开箱后，根据货的好坏，当场定价，有人来买，就卖了，价格只是比自己买的时候高点，有赚头就行了。

李清泉和几个脾气相投的人也合作拆了几次“牛粪”，都是在村里买的货，核算起来，每个人都赚了一两千块钱。后来听说有个能耐人，在港口有关系，可以直接从港口拉货，买这样的货比在村里买要便宜，出铜率还高。李清泉带着几个人，开着三马车，跑了几十里路，找到了这位能耐人。

还没进大门口，就看见有人进进出出，还没进屋，就听到有人在高谈阔论。进了屋，屋里已经坐满了人，只见一个细高个儿，瘦得像麻杆儿的人坐在正中，右手夹着烟卷，左手比画着，嘴像机关枪一样不停地说着，两个嘴角周围全是白沫子，“大伙儿能来，就是信任我，请你们放一百个心，在我这儿拉货，准保你出铜率高，价格也保准比别处的便宜。为嘛呀？就凭我是在港口直接进货，我也就赚个辛苦钱就完了。你们平时在村里买到的货，不知道经过多少人的手了，层层扒皮，你还赚嘛钱呢？简短截说，今儿个交钱，三天后来货，保准让大伙儿不吃亏。”

炕沿上坐着的、地下蹲着的十几个人，都纷纷点头。

“行，我先交三千块钱订货。”一个黑脸汉子从地上站起来，从口袋里掏出一沓钱挤过去，沾着唾沫又数了一遍，然后放在炕桌上，炕桌上边有一个本子。

“麻杆儿”用袖子擦了一下嘴角的白沫子，说：“好，给你记上。媳妇，数数。”

他把钱推给坐在炕桌旁的一个妇女，他媳妇用手指飞快地数着钞票，数了两遍后，抬眼说：“是三千元。”

“麻杆儿”抄起笔来，在本子上边写边说：“六月二十九号，周东起，陈家庄的，三千元。齐活，下一位。”

人们呼啦啦都围了过来，举着钱说：“给我写上。”

“给我也记上。”

“别急，别急，都有份，一个个来”，“麻杆儿”接过一沓沓票子，数完了，往媳妇双手捂着的提包里一塞，又抄起笔来记账。

李清泉和同来的几个人都看傻了，也赶忙掏出钱往前挤，生怕身后的人加个儿，把自己挤到后面去。不到一个小时，大伙儿终于都交上了钱，和李清泉一同来的几个人都笑得合不拢嘴，仿佛捡到了金娃娃。走出“麻杆儿”家大门的时候，几个人兴奋得手舞足蹈。

三天后，一大早，李清泉就和十几个交钱买货的人在村口等着了。俩钟头后，只见一个高高的集装箱离他们越来越近，“麻杆儿”坐在拉集装箱的大卡车的副驾驶上，李清泉他们立刻迎上去说：“马老板好。”

人们都激动地和他握手，“麻杆儿”和大伙儿边握手边甩出几支烟，吐出一个烟圈后，才说：“好，好，好，各位先抽着，有钱大伙儿一起赚，我们都能财源滚滚。”

李清泉引着集装箱车来到了场地，开箱卸货，清一色的“牛粪”。李清泉咧着嘴乐着，急忙和几个人上前卸车，旁边看热闹的人也都羡慕得不得了。送走了“麻杆儿”，李清泉找来了一个大抬筐，放在地磅上，按每人出资的比例，几个人开始称“牛粪”的重量，分好后，就组织家人拆解。一时之间，场地上热闹非凡，锤子砸在剁子上发出的叮叮当当声不绝于耳。

李清泉听着叮叮当当的声音，觉得比画眉的歌声还好听，这是他辛辛苦苦的回报，也是他发财梦想的伴奏。

世界上的事往往都是这样，祸兮福所倚，福兮祸所伏。这不，李清泉正梦想着发大财的时候，没想到就出了事。

把“牛粪”拆完后，又把拆出的铜、铝、铁等卖掉，几个人又碰头算了一下，每个人都赚了两千多块钱，大家都非常高兴，合计完了，又去“麻杆儿”那进了一箱货。就这样拆了几箱货后，他们的腰包也鼓起来不少，于是又找“麻杆儿”进货。

“麻杆儿”却面露难色，“现在找我进货的人很多，可是货少，还是得先打款，有时一个星期也挨不上个儿。但是咱这货只要拉回来，保准能赚钱，咱这是纯美国货和日本货，闭着眼都保管比韩国和西欧的货强。”

李清泉几个人一合计，挨个儿时间长就长点吧，没活干也不行啊，就把货款给“麻杆儿”打了过去。果然，一周后集装箱拉进来了，大伙儿忙着卸货拆解。拆了几次后，他们由几个人合着买一个箱子，发展到一次能买几个箱子，雪球越滚越大。

后来“麻杆儿”亲自来场地找他们，说这次进的这船货他要亲自到码头去验货，自己看着装箱子，要过几天才能回来，问他们订多少。几个人商量后，觉得形势不错，铜的价格稳中有升，就说，我们多订点。每个人把自己的家底都打扫上了，又跟亲戚朋友借了不少，把钱交给了“麻杆儿”，一下子订了十箱货。

“麻杆儿”把胸脯拍得山响，“三天后船到码头，五天之内货必能送到。”

可是一连几天过去了，都没有“麻杆儿”的音信。十天过去了，几个人都坐不住了，打电话找“麻杆儿”，他说在港口，船在海上遇到了风浪，会晚到几天。他们就天天打电话催“麻杆儿”，“麻杆儿”天天说再等等。

这天半夜里，李清泉还在炕上翻来覆去地烙饼，想着货什么时候才能送到。突然响起的电话铃声吓得他一激灵，接着他又一阵兴奋，以为是“麻杆儿”通知他货到了，于是赶紧接听了电话。果然是“麻杆儿”打来的，却听他说：“李老板啊，对不住了，在美国进货的黄老板拐着咱的钱不知道跑到哪里去了。前十多天，他就说货已经装船了，后来又说船在海上遇到了风暴，可昨天再打电话，他就关机了，怎么也联系不上。你知道这一船货有上百个箱子，不光有你们哥儿几个的货，我这些客户都有啊，黄老板这个王八蛋把我坑苦了。”

李清泉一听，光着脚丫子跳下炕，跳起脚来，“哎哟”大叫了一声之后，又带着哭腔哀求：“我说‘麻杆儿’，你可别跟我逗着玩儿啊，我们受大累的，可禁不起你这么开玩笑啊。”

“麻杆儿”一听，在电话里也带着哭腔说：“李老板，现在你就是骂我混蛋、王八蛋，你就是宰了我也没用啊，现在我拾砖砍天都不知砍哪了，那个王八蛋拿着咱们大伙儿的钱，不知道跑到哪去吃香的喝辣的了。你们吃了我也没用，我也变不出钱来呀。”

李清泉平静下来了，说：“先别说没用的，你快回来吧。”

李清泉和其他哥儿几个找到了“麻杆儿”的家，“麻杆儿”的嘴咧得像瓢一样，说：“你们哥儿几个看屋里有喜欢的东西就搬走，我找黄老板那个王八蛋也找不着了，也不知道他住哪，你们拿来的钱我认账，我给你们打个欠条，行不行？等我有钱了就还给你们，可我现在是镚子儿也没有了。”

李清泉看看擦着眼泪的“麻杆儿”媳妇和瘫在炕上的老娘打了个唉声，说：“马老板，我们知道你被人给坑了，可我们交给你的那些钱，都是这几年在你这儿进货挣的血汗钱，还有找亲戚朋友们借来的，都是汗珠子砸八瓣挣来的。工人们还等着开工资呢，我们也得养家糊口，你高低得想办法去找找黄老板，他可不能昧着良心诓钱呢！”

“麻杆儿”一个劲儿地给几个人作揖，“哥儿几个，我求求你们，快别叫我老板了，我又成穷光蛋了，有我这样的老鼠进风箱——两头受气的老板吗？你们哥儿几个别着急，我明天还去找那个姓黄的。”

后来打电话“麻杆儿”还接，只是说还没有找到黄老板，再后来打电话时就无人接听了。又过了几个月，听说“麻杆儿”被抓进了拘留所，原因是找他买货的不只是李清泉他们几个，他敛去的钱财有上千万，有人逼着他要钱，他没有，人家就把他给告了，先拘留，后判刑，究竟判了几年不清楚。他一进监狱，就更没有人去找黄老板要钱了，李清泉毫无办法，也死心了。可是工人们的工资还没有发，他们天天来场地问李清泉，李清泉没有办法了，就找到自己的大舅子和小舅子说明了情况，向他们哥儿俩借了两万块钱，勉强把工人的工资发下去了。

别人敲铲子说："'麻杆儿'欠你的钱还没还，你这么着急给工人开工资干吗？真是个菩萨心肠的好老板。"

李清泉揉了揉布满血丝的双眼说："工人们都不容易，拉家带口的，都得他们养活，不给开工资，吃喝都成问题。咱最起码比他们强，咱还有地种，收的粮食够吃的，他们就指望干活挣个辛苦钱，说什么也得想法儿给他们钱呀。"

后来李清泉才听说，有倒货的二道贩子，在港口买回来货后赔钱也卖，准让你每个箱子能赚个一万、两万的，让你赚了几次后，他就说下次拉货得交预付款。你每次在这儿进货都能赚钱，渐渐地就放松了警惕，觉得他的货有保证，稳赚不赔，就放心地把货款给他打过去了。哪里会想到，他一开始就是在下套子、布置罗网，现在看看进网的大鱼够多了，就开始收网，几百万元、几千万元的钱都被卷走了，从此这个人就在人间蒸发了。只是苦了下面这些开场地受累的小老板们，他们起五更睡半夜，担惊受怕，好不容易赚点钱，还都被空手套白狼的黑心老板卷包儿烩了，可是干着急也无可奈何，他手机号都换了，人也见不着面了。李清泉一扫问才知道，像自己这样被骗走资金的人太多了。

经历了被“麻杆儿”骗走所有货款的事后，李清泉心里琢磨了好些日子，“麻杆儿”是打着黄老板的幌子，个人独吞了我们的钱呢？还是他真的被他说的那个黄老板骗了呢？人和人之间除了利益，难道就没有别的关系了吗？从小在爷爷、奶奶和父母那里受到的教育，从小学课本中懂得的道理，难道真的过时了吗？现实生活给他上了疼到骨头里的一课。不是说“君子爱财，取之有道”吗？现在怎么变成了“小人爱财，骗之有法”了呢？

李清泉虽然只有小学毕业，但他平时就喜欢看别人干活，有看不懂的就问。他看见村里的电工布线，就一直跟着看，不久就学会了安灯、修灯，自己家里的灯坏了，要是小毛病，他捣鼓捣鼓，一会儿就修好了。一次，村里来了一个修理缝纫机的，他给师傅递上一盒烟，说想看看他怎么修，谁家喊着师傅去修，他就跟着去看，一看就是半天，后来媳妇用缝纫机做活时，机器有了小毛病，李清泉很快就能修理好。邻居们知道了，有需要修理的简单活，也求他帮忙。

别人夸他勤快，他却笑着说：“笨鸟，要是再不勤快点，就变成傻鸟了。”

第五章

李清泉年轻时就是个闲不住的人，平时就喜欢动手拆一些东西，也爱琢磨，他们家的收音机、闹钟不知道被他拆坏了多少个。刚刚开始拆废时，他对各种电机、空调、气泵等都不太了解，所以他就自己做成，先把各种不同型号的电机称完重量，再自己拆解开，计算出铜、铝、铁等各占的比例，计算出成本。空调的散热器、汽车的发动机等也有各种不同的型号，他都用这种办法去拆解做成。经过核算，对所买的货心里大致就有了底，再去买货时，看到货后，大致计算一下，就知道买这些货能不能赚钱。经验正是在这样一次次的实践中逐渐获得的，经验积累多了，李清泉就成了独具慧眼的行家。

听说拆电线赚钱，李清泉他们又凑钱，买来电线、电缆，刚开始，几个人动员全家拆，买的货多了，几家人忙不过来了，就雇工人来拆。筷子粗细的电线，工人们都可以用剥线器里的刀子割开线皮，抽出里边的铜线铝线，可是对付比牙签粗不了多少的细线，就只能直接点着了焚烧。清河镇周围十里八乡的村都在烧线，好烧的线直接点燃，不好烧的还要倒上柴油点燃了烧，所以从地面到空中都悬浮着大量的黑灰和粉尘，遮天蔽日，刺鼻的怪味儿包围着每一个人。你可以一天不喝水、不吃饭，可谁也不能不喘气呀，人们只能忍受着。

整个清河镇上空都是灰蒙蒙的一片，十天半月，有时甚至一个月都见不着太阳，即使好不容易看到太阳，它也像是一轮贫血的月亮，惨白惨白的。有时在电视上看到西藏、新疆的纪录片，那里的蓝天湛蓝，白云雪白，让人们羡慕得不得了。老人们会说，咱这儿的天原来也是这么蓝，云也是这么白，可是照现在这样下去，孩子们都不知道蓝天白云是什么样的了。

烟尘和烈焰从地下蒸腾到天上，天地之间仿佛变成了一个大蒸笼，天空中仅有的一点潮湿空气等不到凝聚成云，就被热浪蒸发没了，所以清河镇连续几年下不透雨，庄稼都枯死了。更多的人每天都去拆废挣点工资，根本就不种地了，因为即使种上庄稼，天不下雨，庄稼也收不了，除去水费、肥料、农药和种子的花费，种庄稼不但赚不了钱，还会往里搭钱。因此，本来肥沃的土地，变得杂草丛生，一片荒凉，有的庄稼地里偶尔还有除草的人，大多数也是上了岁数的老人，他们佝偻着腰，在被太阳烤得冒烟的土坷垃里叩问收成。

李清泉家的场地东边有一棵大槐树，已经有三百多年了，树干两个人都搂不过来，树冠遮天蔽日，到了夏天，别处没有风，大槐树下却是凉风习习，树叶哗啦哗啦直响，人们都爱到树下乘凉聊天。大树更是鸟儿的天堂，百灵、黄鹂、蛮子、布谷，各种各样的鸟儿在树上集会、唱歌、求爱、舞蹈，从早到晚都是鸟儿的啼啭，像一支歌，像一首诗，在大树的枝叶间循环播放。这个场地原来其实是场院，在村子东北边，紧靠着大道，每到夏秋时节，场里的庄稼垛像一座座小山一样，全家人从早到晚都在这里忙活，轧场、翻场、起场、扬场，把一袋袋麦子、豆子、高粱拉回家，剩下的麦秸、豆秸就垛成了高高的柴垛，粮食喂饱了胃肚，柴垛烧暖了土炕。冬天，场院就成了孩子们藏猫猫、打尜儿、迈十步、学车子的游乐场。如今，一切为拆废让路，这宽阔、平坦、硬实的场院，理所当然成了拆废场地的首选。

六月三伏天，被太阳炙烤了一天的大地，隐入灰蒙蒙的夜幕中。半夜里，村子终于沉静了下来，仿佛一位迟暮的老人沉沉地睡去了。突然，村子里和村子周围燃起了几十堆、上百堆的火，借着火光，还能看到冒出的滚滚浓烟，那些烟像一条条黑蛇张牙舞爪地盘踞在村子的上方，久久不肯离去。说来也怪，上百处地方同时起火，却没有一个人出来救火，或者招呼别的人出来救火，而是由它自由地、任性地燃烧。一股股难闻的味道在村子里到处蔓延，这是胶皮被点着后焦煳的味道，这味道从窗户缝和门缝钻进屋里，梦中熟睡的人们被呛醒了，翻身坐起来直咳嗽。

李清泉家的场地里也有一个大火堆，他正挥动着一根三米多长的粗钢筋做成的铁钩子，在火堆里来回地拨弄着。那一大片火，几乎烧遍了他们家的整个场地，用铁钩子一拨拉，火又蹿了出来，火里夹着一股浓烟向他扑来，“咳咳咳”，他被呛得一阵咳嗽。李清泉打开厢房的门，舀了盆水，抹了一把脸，把头靠在墙上打起了盹儿。

眯瞪了一小觉，李清泉突然揉着眼像弹簧一样跳起来，冲到院子里，伸手摸一摸，地上的灰堆已经不热了。他就用铁钩子在灰里划拉了几下，就勾出了一团一团的东西，然后用手捋捋，缠在一起，被缠起来的是细铜丝。他前半夜点燃的是一堆堆竹签子粗细的电线，细电线外面包着一层各种颜色的胶皮，里面裹着细铜丝，把这细电线点着，外面的胶皮就被烧成了黑灰。把细铜丝装进编织袋里，他用扫帚想把黑灰往中间扫，可是扫帚一晃，黑灰就又飞舞起来，像一只只黑色的蝴蝶，到处乱飞。不知不觉烧线的味道和黑灰已经像一条条看不见的毒虫，钻进了他的身体里。

李清泉对这些毒虫似乎也有所察觉，但买货、拆解、烧线、卖货就是他每天的工作，他天天像上足了发条的钟表，只顾按照自己的道路往前跑。李清泉已经习惯了每天早起，这一天，天刚蒙蒙亮，他正在场地里拾掇，突然接到了表弟的电话，“表哥，我哥出车祸了，就在村子东边的公路往北不远处，你能过来一趟吗?”

李清泉说:“我马上就过去。”

打电话的是李清泉大姨家的二表弟，叫蔡继良，他说的大哥是蔡继贤。李清泉赶到现场时见堵着许多车辆，就停了车，分开人群往里走。停在最前面的是一辆大卡车，地上有一辆卷了饼的自行车，地上还有一摊血，几个警察正在勘查现场，他问警察受伤的人去哪了，警察说120急救车已经拉走了。李清泉立刻和二表弟蔡继良联系好，直接开车去了县医院。

在县医院的急诊走廊，他看到了哭成泪人的大表弟媳妇和二表弟，大夫们正在忙进忙出地抢救。李清泉问什么情况，大表弟媳妇已经哭得说不出话来了。二表弟说："我哥昨天晚上接到了电话，让他今天早晨五点去接班，厂子里有急事，让他早去了两个小时，哪承想，刚到村子东边公路上，就出了事。"

李清泉开车又来到了县交通队，见到了那个大卡车司机，司机说："我正开着车往前走，过了村子不到一里，突然就来了一团黑雾，罩住了车子，还有一股烧胶皮的煳味儿，尽管汽车开着灯，可什么都看不见了。我就踩了刹车，这时候就听见车头'砰'的响了一声，我知道撞上什么了，就把刹车踩到底停下了车。下车以后，还是什么都看不见，我又拿了把手电照着，在车子前面，看到了一辆自行车和躺在地上的人，我就报了警。"

大夫虽然全力抢救，蔡继贤还是没有救过来。

李清泉前去吊唁，看到十几岁的小表侄戴着孝帽子在陪吊，李清泉撕心裂肺地哭了："表弟啊，你才四十多岁，就早早地走了，可惜了你的好年纪啊！"

他安慰了哭昏过去的蔡继贤媳妇，又抱住痛哭的小表侄，"孩子，今后你上学的一切费用都由我来出，你就专心读书，将来上大学，才对得起你爸爸。"

孩子一边抹着眼泪，一边点头，在场的人们，都跟着呜呜地哭。

晚上，已经十一点了，没有吊唁的人了，亲友们也都走了，只有几个侄子辈的在守灵，李清泉也坐在表弟的灵前，为他守灵。他在自己脑海里还原着表弟出事时的情景：表弟骑着自行车，走到村子北面，再拐到村子东面的公路上，开始他还可以瞄着路上灰白的反光，骑着车赶路，对面来车的灯光照得他睁不开眼，他只好停下来，车过去了，他才重新骑上车。突然，一股浓烈的黑烟扑过来，把他包围了，他什么都看不见，气儿都喘不上来，只能拼命地咳嗽。突然，他身后传来了汽车马达声，并没有照过来的灯光，他还没来得及转身，身体猛然被一股巨大的力量推着往前飞了起来。他像一块儿破布被抛起，又像半截口袋般落下来，然后就什么都不知道了。

李清泉感到了绝望，他跪在表弟的灵前，又放声大哭起来。他是为表弟哭，哭他上有老下有小，所有的任务都还没有完成；哭大姨、大姨父白发人送黑发人；哭蔡继贤媳妇失去了依靠；哭小表侄还未成年就失去了父爱。他也是在为自己哭，就在表弟出车祸的那天晚上，他也烧线了，他后悔，表弟的事故当中，也有他李清泉的责任。他在心里骂自己，李清泉，你真不是东西，是你把表弟送上了绝路。

表弟的死，深深刺激了李清泉，他也没想到，拆废是赚了点钱，但是报应立马就来了。这次是表弟出了事，下一次会报应到谁呢？他越想越害怕，但又不知道有嘛解决办法。表弟出事那天，他也烧线了，这个心结成了一个疙瘩，堵在他的胸口，上不来又下不去，让他喘不出气来。不说出来，这个疙瘩就永远都解不开了，他能跟谁说呢？跟大姨说，大姨还不得让他气死，追着用棍子抽他呀；跟表兄弟媳妇说，现在家里已经塌了天，表兄弟媳妇已经够受的了，不能再添乱了，不能再往伤口上撒盐了。他只能让这个疙瘩堵在自己心里，他想，这就叫自作自受，现在供小表侄上学，将来他盖房子、娶媳妇，这些钱也由我出。

每逢过年，他都给蔡继贤媳妇送去一笔钱。后来，蔡继贤媳妇也来他的场地干活了，每当看到蔡继贤媳妇忙碌的身影，李清泉的脑海里总浮现出罩住表弟的那团浓墨一样的烟雾，突然烟雾越来越大，把李清泉也罩住了。

李清泉知道，那团浓墨一样的烟雾，他这一辈子也驱赶不走了。

第六章

吃完了饭，要是不烧线，李清泉就喜欢到其他场地转转，和那些小老板们聊天。一天，他听三虎说，他表哥在东北住，说那边儿有货，就是天太冷，咱这边儿的人去了，会冻得受不了。李清泉一听，眼里放光，冷点怕嘛呀，冷多穿点衣裳就行了。

晚上，李清泉买了酒和菜，把三虎请到了场地。桌子上摆着两大硬菜——兰花豆和果仁，还有一盘凉拌白菜心、一盘猪头肉。喝酒期间，李清泉说让三虎详细地问问他表哥，拉货的具体地点在哪里，那里有什么货，还撺掇三虎凑点钱，跟着他茬伙儿，一块儿拆废，就去他表哥说的那拉货。

三虎的表哥回话了，说的是哪呢？是东宁，东宁就有货，还都是俄罗斯的货，纯铜多，货还比较便宜。李清泉先找到王德顺，又找来三虎等几个愿意合作的哥儿们商量，计划去一趟，看看行情，合适就买货。

几个人东挪西借，凑了几万块钱，要坐车去，可这么多钱怎么带过去好呢？可犯起了琢磨。最后决定，分开带，每人带一万块钱。可谁也没有带过这么多的钱，放在哪都觉得不够安全，火车上扒手多，要是货没有买成，却把钱丢了，可是偷鸡不成蚀把米了，几个人犯了难。

德顺忽然拍了一下脑袋说："要我说呀，咱别放身上，小偷掏口袋，你藏得多隐蔽，他们都有招给你偷走。有一回，我去大集上买牲口，我媳妇给我把钱缝在了棉袄里边的口袋里，就觉着万无一失了。我在牲口市转悠了半天，才看好了一头四岁口的骡子，讲好了价，掏钱的时候，手往口袋里一摸，手却伸到了棉袄外面，抓了一把凉风，钱一张都没有了。原来棉袄里子连同口袋和棉花被齐刷刷地割开了一个口子，这分明是特别快的小刀拉开的。据说小偷拉完了口袋，得手了，就会把钱转移给别人，他就又把那把小刀子含在嘴里，即便你抓住了他，在他身上也搜不出任何证据。你说这小偷多缺德，把这么快的刀子含在嘴里，怎么也不把他的舌头拉下来呢！"

"行了，打住。"李清泉赶紧拦住德顺，"你快说咱往哪放钱吧。"

"我想小偷总爱盯着人看，穿得好的更容易被盯上，咱穿破点。小偷爱盯着人的口袋，咱的钱这回就偏不放在口袋里。"

"不放口袋里，放哪啊？"

"咱每个人提一个化肥袋子，里面装上一袋麦秸，把钱用塑料袋裹好了，就藏在麦秸里，咱提着，又轻松又保险。坐车时往座位底下一扔就行，你越是瞎子放驴不撒手，小偷就越盯着你手里的东西。放在化肥袋子里，藏在麦秸里，小偷做梦也想不到，咱口袋里只留点零花钱，就算丢了也没有多少。”

“这个主意好是好，可几个大小伙子每人提一袋麦秸，不让人家说咱神经病啊？我看，明儿咱每人烙几张饼，再带两罐咸菜，煮几个咸鸡蛋，都用塑料袋装进去，放在麦秸里，压在钱上边，在路上饿了，咱还能垫补垫补。”李清泉补充说。

几个人都说好，大家就分头去准备了。

第二天，几个人坐长途汽车后又倒火车，朝东北方向就扎去了。

李清泉把装满麦秸的尼龙袋子放在座位底下，他没敢往行李架上放，他怕自己睡着了袋子被别人顺手牵羊偷走。他成心找了个长口绳，系上口后，还留出一大截，他坐着车，脚就踩在那截口绳上。他想，要是万一有人拽口袋，我睡着了，也会醒来。他这是没钱作下的毛病，他不敢睡觉，就强打精神想事。

他想到，刚开始拆废时，从开始买废铜废铝，到买“牛粪”、电机、电线，人们买货、卖货全都是现金交易。自己坐公交车去收购废铜废铝时，本钱只有三百多块钱，这些钱是一家子省吃俭用好几年才攒下的，庄稼人没有别的本事，只能是靠种庄稼和养活家禽家畜挣钱。当时娘已经去世了，给娘看病又花了不少钱，爹就把粮食卖了，把猪卖了，把羊卖了，才凑足了三百多块钱本钱，这些钱有厚厚的一沓，攥在手里，只觉得手心里滚烫滚烫的。这些钱来之不易，是这个贫困家庭一分一毛地积攒出来的。钱放在口袋里，怕被人掏走，自己就在贴身穿的裤衩后面缝上了一个口袋，口袋上还留了一个盖儿，盖儿上又钉上一个按扣，这样就保险了。

可是每次到了买货的时候，他都得先找个茅房，假装去解手，再把钱从口袋里掏出来，赶上茅房里还有别人在解手，他就得故意磨蹭着，等那些人都走了，他再掏出钱来。在茅房里，也怕钱露了白，如果叫人抢走了，自己提不上裤子，也没法儿去追，就只能眼睁睁地看着人家跑了。

后来赚的钱逐渐多起来了，有三千多块钱了，一家人高兴得像吃了蜜。本钱用不了这么多，有几百就够了，剩下的钱放哪呢？爹说放在柜子里，怕被老鼠嗑了，放在衣服袋里，又怕被人进屋偷走了，想来想去，还是存银行比较保险。李清泉也同意爹的想法，直接把钱存到银行里。

爹又怕去银行一次存那么多钱，被别人看到，或被盯上抢走了，他就每天去存五百，为了存这三千块钱，一共跑了六趟银行，还左看右看好半天，才敢靠近柜台，连柜员都纳闷，这个人是不是有病，三千块钱一块儿存不行吗？为嘛要跑好几天呢？

一个月以后，李清泉又谈了一笔买卖，这次买的货多，得把钱都取出来。第二天，爷儿俩骑着一辆自行车，来到了银行。在家里，爹就嘱咐过，取这么多钱他不放心，取的时候他在前面，让李清泉在后面始终跟着他，看有没有人盯着他，看有没有人想扑上来抢，如果有人想抢的话，就冲上去用脑袋撞开，他好把钱装严实。在去银行的路上，爹又嘱咐了好几遍，说得李清泉心里都有点犯嘀咕了。

到了银行门口，李清泉往四周一看，觉得所有人都一直在盯着他们爷儿俩看。进了屋，爹排队去柜台取钱时，李清泉总觉得爹后边排着的那个人老往前凑，李清泉吓坏了，赶紧侧着身子挡在那个人和爹之间，冲着那个人直瞪眼，那个人被吓了一跳，说："你怎么回事？为嘛加个儿？"

"你想干吗？"

"我就等着取钱呢。"

回头一看，爹把钱已经装进了口袋里，捂着离开了柜台，他也赶紧跟着追出来，还怕门口外面有人等着上来抢。爷儿俩战战兢兢地走出银行，好像他们才是做贼的一样，生怕被别人发现自己取了这么多钱。

想着想着，李清泉还是迷迷糊糊睡着了。

几个人下了火车，又挤长途汽车，像打元宵一样，被晃悠得脑浆子都快浑了，车才终于吭哧一声停下，不走了。

"东宁到了。"司机极不情愿地吆喝了一声。

司机早就烦透了这些人，从他们一上车，就看着不顺眼。几个人提着化肥袋子，占了他车里的不少地方，让他们再打个行李票，还磨叽了老半天。

李清泉几个人冒着寒风，缩着脖子走下了车，提拉着化肥袋子，同时咧开嘴，哈哈大笑起来。他们没有说话，都在笑自己的钱都没丢，这就是胜利。袋子其实被别人也不知掏过几回了，可摸到了饼和鸡蛋，掏的人也只能自认倒霉。旁边过路的看见他们几个哈哈大笑，也不说话，还以为是集体得了疯病，吓得赶紧走开了。

他们一路打听哪里可以买到废品，好多人都摇头。一个身穿蓝色防寒服的小伙子却从身后追了上来，“你们几位打听啥呀？”

“我们想买点废品。”

“废品可多了，纸夹子、废塑料、旧报纸都是废品。”

“我们想买点废铜废铝什么的。”

小伙子眉头不由得一挑，“你们早说呀，我家就有，要多少有多少。”

李清泉几个人立刻围上来，“你家在哪住？”

“离这儿不远。”

几个人跟着小伙子左拐右拐，走进一个空旷的大院，小伙子用手一指，“中间的五间房，废品就在这里。”

几个人甩开小伙子，抢先走上前，急不可待地推开了门，一股烟蹿出来，呛得他们直咳嗽。几个人一下子就呆住了，屋里没有看到什么废铜废铝，只见坐着一屋子人，有的在打扑克，有的在看电视。李清泉刚想退回来，“防寒服”在后面冷冷地说：“来都来了，不进去，你们咋买货呀？”几个人只好低着头进了屋子。

“防寒服”冲着中间一个喝茶的人说：“大哥，这几个雏儿满大街打听哪有卖废品的。”

喝茶的人放下杯子，往上推一推墨镜，一偏头，“防寒服”

就退到了旁边。

“我说，你们几个谁是头儿啊？”

李清泉靠前迈了一步，“我是。”

“你们收什么废品呢？”

“废铜废铝。”

“知道规矩吗？”

“不知道。”

“到这疙瘩来做买卖，不知道规矩能行吗？毛根儿，给他们说说。”

“防寒服”又走了过来，“来这疙瘩买货，有个规矩，得先给飞哥上供。”

李清泉这才知道，“墨镜”叫飞哥。

“怎么上供呢？”

“你们打算买多少？买得越多，上供就越多。”

“可我们刚到，还没买着货呢。”

“行，那就让毛根儿带着你们去买吧。”

毛根儿带着几个人租了一辆车，摇晃了半天才停下来。进了一个大院，又走进一个仓库，李清泉他们在这里看到了自己想买的货，和老板讨价还价，好半天才谈妥了。

李清泉低声问老板：“飞哥，你认识吗？”

老板也低声说：“飞哥是当地的混混，谁都惹不起。”

“防寒服”始终等在门口，说：“走吧，跟我给飞哥上供去。”

王德顺、三虎想跟着李清泉一块儿回去，李清泉说："谁也不用去，你们只要把咱的货看好了就行了。"然后自己跟着"防寒服"走了。

见到飞哥，李清泉说："飞哥，我们几个是外地来的，本来土里刨食，多少辈子种粮食，听说这儿可以买卖废品，就想赚点，东挪西借，凑了点本儿，千辛万苦地过来了。这些货再除去运费和人吃马喂，也剩不了几个钱，飞哥就高抬贵手，行个方便吧。"

飞哥嘴角掠过一丝冷笑，"你先别哭穷，你来买货是拿唾沫粘吗？不也得用真金白银这些硬通货吗？你人吃马喂，我手下这些兄弟们不也得吃饭吗？"

"那你要多少？"

"五千。"

"飞哥，我们这小买卖总共也赚不了五千呢，你看能不能少点。"

"少点？多少？"

"买完了货后，我口袋里就剩下二百了。"

"二百也行，不过你身上的东西得留下点，做个念想。"

"你要什么？"

"一根手指。"

"说话算数。"李清泉点了点头，接过毛根儿递过来的刀子，把左手小指伸直放在桌子上，其他四指蜷起，一狠心，手起指落，血立刻就流出来了，小指被剁下了一截。

飞哥皱了皱眉，他想，这还不是个新手啊，我只是想试探一下，不承想，这个家伙还真下得去手。只好说：“行，是条汉子，二百也不要了，毛根儿，送他去医院。”

李清泉回到了货场，左手包着白纱布，把早就等在这儿直转圈儿的几个人吓了一跳。李清泉一摇头说：“没事，准备雇车，装货。”

货场外面有不少货车等着拉活，他们找了一辆卡车，七手八脚地就开始装车。忙活着装完了车，王德顺几个人才围过来问李清泉是怎么回事。李清泉把经过说了一遍，还说：“一截手指头卖了五千，值！”

王德顺说：“清泉啊，你这是何苦呢？买卖是大伙儿的，不能都让你一个人顶着，该出血咱就出点吧，咱再去赚啊。”

“那不行，这是咱们大伙儿好不容易东挪西借凑的血汗钱，怎么能便宜别人呢？我就是舍命不舍财。”

第七章

李清泉的买卖越做越大，一下就有了几万块钱，后来流动资金就增加到了十几万、几十万块钱，每次都是用一个尼龙袋子装上钱，一个人背着，其他几个人围成一圈在周围警惕地跟着走，生怕出事。后来，李清泉终于下定决心，买了一辆二手汽车，再也不用背着钱去买货了。

这天，他又把一袋子钱放到后备厢里去谈买卖，可是赶上老板上午没有来公司，却碰到了另一个也来买货的朋友，非得拉着他去吃饭。他没有办法，只好把车开到了饭店门口，和朋友去吃饭，朋友非得请他喝酒，一顿饭吃了俩钟头。

吃完饭，他又开车去了货场买货，交钱的时候，去开后备厢，才发现后备厢的锁被人撬了。他一惊，连忙打开盖子，那个盛钱的袋子没有了，他的酒劲儿一下子全醒了，立刻报了警。警察来了，看了看被撬的锁，拍照笔录，说是去调查。这么多钱一下子就丢了，真要去找那个偷钱的人，更是大海捞针。李清泉一下子就损失了几十万块钱，有的合伙人还不依不饶，说是李清泉自己做的局，李清泉说：“不要紧，这算我借你们的钱。”他给每个人打了借条。

从那以后，再出门时，李清泉再也不敢粗心大意一个人去了，至少要去两个人，始终留一个人在车里看着钱。

几辆拉着集装箱的大卡车，尘土飞扬地开进了李清泉家的场地，李清泉一招呼，人们立刻涌上去卸车。几个集装箱的货，全指望自己家人是干不完的，他就招呼乡亲们一起干。拆出的铜线、铝线剥完线皮后，该卖的都卖了，仓库里、院子里只剩下了一大堆细电线，等干活的人们走光了，李清泉就把细电线摊开了一大片。

等过了半夜一点，他就用打火机把细电线点着，一阵浓烟过后，蹿出了火苗，同时一股难闻的味道冲进鼻孔，直往他肚子里灌。他被呛得有点恶心，连忙淋湿了一条毛巾，捂住鼻子和嘴，滚滚的浓烟没有往天上蹿，却像是一只大黑锅倒扣在场地的上方，又和周围漆黑的夜色搅在一起，形成了厚厚的黑墙，镶在四周。火苗一亮，就把黑墙照破了；火苗暗淡下来，黑墙又压了下来。李清泉被压得喘不过气来，他想吐，干呕了几声，又吐不出来，他再次抬头看，那棵遮天蔽日的大槐树都被“黑墙”压瘪了。过了两个来小时，浓烟终于不再往外冒了，李清泉这才把铜线清理出来。

又烧了几次电线后，李清泉总觉得哪里有点不对劲儿，仔细端详了好半天，才知道问题出在大槐树上。他清楚地记得，自己小时候特别爱在大槐树下玩儿，一仰头，就可以看见大槐树翠绿的叶子，树上像落满了一串串绿蚂螂，静静地舒展着翅膀，现在树的叶子不再向上伸展，都耷拉下来了。他的心一下子被揪紧了，立刻在大槐树周围刨出一个大坑，挑来十几担水倒在里面，第二天也看不出好转，到了第三天，树叶还是开始打蔫儿了。李清泉还坚持每天早晨和晚上浇两次水，没作用，到了第六天，叶子已经变黄了，有的还落了下来，连续几天，落叶越来越多，像是一只只死去的蝴蝶，铺满了一地，看着让人难受。李清泉犯难了，怎么天天浇，浇了那么多水，还没有效果呢？

李清泉已经三天没睡觉了，这天半夜，在炕上烙了半天饼后，他再也躺不下去了，好像褥子上长出了无数的钢针，扎得他浑身疼。他爬起来，在老槐树下放上一张桌子，在盘子里摆上几样水果，那是白天早就准备好了的，又插上三炷香，然后直挺挺地跪在地上，嘴里叨念着：“大槐树啊，我对不起你，我求求你，你就活过来吧。老祖宗们呢，我求求你们了，你们就保佑这棵大槐树重新活过来吧，我知道这是你们惩罚我，给我的警告。我也知道烧线这味儿难闻，烧出的灰飘得到处都是，大三伏天的人们都不敢开窗户，就是不开窗户，那味儿还是照样能钻进屋子里。是我对不起大槐树，对不起祖宗，也对不起父老乡亲，可是，我不就是想赚点钱吗？我不就是想让日子过得好点吗？我要是再有一条别的赚钱的路子，我也不会干这个缺德的买卖了！俩儿子都得盖房，都要娶媳妇，不干这个，我拿嘛去盖两处房呀？大槐树啊，老祖宗们啊，你们惩罚我吧，让我少活几年都行，求求你们，千万让大槐树活过来吧。”

说完了，头磕在地上梆梆的响，把脑门儿都磕出血来了。

李清泉的脑门子上贴着创可贴，还在挑水。眼看十几天过去了，尽管李清泉没有放弃，还是天天挑水浇树，可是大槐树的树叶还是落尽了，露出了七叉八叉的树枝，就像是一把把刀子直戳他的心。枝丫间露出了十几只鸟窝，像一只只怪眼瞪着他，满是怨恨，那些鸟窝又像是一张张大嘴，嘴角上扬，嘲笑着他的愚蠢和无知。树叶落尽之后，太阳照过来，树下没有了浓荫，只是落下了稀稀拉拉的阴影，像秃子头顶上的秃斑一样，让人看了心里难受。

李清泉又两天没吃饭了，一大早就跑到乡里的农林所，问有没有救治大树的办法。农林所的人说，烧线浓烟里的毒素太厉害，太歹毒了，烧过线的地上，可能几年甚至十几年都会寸草不生，这大树应该是很难救活了。李清泉耷拉着脑袋走回来，坐在大树底下斑秃的影子里一言不发，从早上坐到下午，又从下午坐到半夜，家里人叫了几次他也不说话，也不回去，就两眼直勾勾地盯着大槐树，一眨都不眨。晚上，倚着大树，他睡着了，月光透过枝条，在他身上画出了斑斑驳驳的影像……

突然，他看到大树变成了自己的爷爷，爷爷颤颤巍巍地说：“小泉呢，你这是造孽呀，你知道不知道，这棵树是老祖宗留下来的，它已经活了三百多年了，如今却让你给祸害死了，你可真是忤逆不孝啊！”

他一惊，啊地大叫了一声，睁开眼，嘴里一个劲儿地喊着：

“爷爷，爷爷。”

他大声地喊着，却觉得嗓子眼发甜，噗的一口鲜血喷了出来，家人们跑过来，把他背回了家里，过了十几天，他才能勉勉勉强地下炕了。人们这才发现李清泉已经脱相了，眼窝深陷，眼睛暗淡无神，头发一摸就掉一把，大槐树成了他的一块儿心病。

三伏天不敢开窗户，每天早晨起来，院子里都会铺着一层黑灰，一脚踩上去，灰就飞起来，围着人旋转，村里人被呛得恶心，吃不下饭。人们实在受不了了，就有人直接去县里告状，县委书记就召开了各乡镇镇长会议，会上直接点名批评了清河镇镇长，命令他立即行动，限期整改。清河镇立即召开了各村村书记、村主任会议，责令各村的治保主任全面负责环境保护，禁止焚烧废旧电线和废旧电机。各村治保主任一到晚上就骑着自行车，手里拿着一个五节电池的强光手电筒在村里转悠，看到哪里有火光，哪里冒烟就去制止。可拆废是人们唯一赚钱的道儿，如果不烧那些细电线，靠人工用刀子去割线皮也不好割，根本就不够工钱的，所以人们还是偷着烧。

河湾村的治保主任于长水管了这边儿，那边儿又点着了，全村有几百个拆废场地，他巴掌再大也捂不过天来，也只能睁一只眼闭一只眼，何况有烧线的，他还能捞点油水呢。一到晚上，他就等着，看哪火烧起来了，烟冒高了，他才打着手电过去查一下，一般的人家都很爽快地递上十几块、几十块钱打发他，于长水把钱往兜里一装，也知趣地走了。

这天，于长水看到李清泉的场地里浓烟刚起来，自己并没有马上过去，还是照方抓药，等到大火都蔓延开了，他才打着手电走过去。离着不远了，就大声地喊着：“怎么了？这是谁呀？没听到大队喇叭里广播吗，不许烧线！”

李清泉就知道是于长水来了，一想他的为人，气就不打一处来。他想，拆废的人挣的就是辛苦钱，你个小兔崽子身不动膀不摇，吆喝几声，就想敲诈勒索，像土匪一样从人们手上敛钱，你算个什么东西？李清泉从场屋里走出来，“吆，是于治保啊，你咋呼嘛呀？怎么了？”

“李清泉，你别揣着明白装糊涂，上面有政策，不许烧线，你不知道吗？”

“我知道，我想问问，你管住咱村里人烧线了吗？你一圈转过去后，不是该冒烟的还冒烟，该着火的还着火吗？那行啊，今儿个你也转完了，回去吧，别影响我干活。”

于长水被说得武大郎吃山芋——闷口了，心里却恨恨地说，这个老李头，一分钱都不上供，还是横茬儿的，今儿个我得好好给他拿拿龙，不然，他都不知道马王爷三只眼。于长水像被别人揭了秃疮嘎子一样，一瞪眼说：“你别废话，别人能继续烧是有原因的，人家烧得少，你烧得多，还没交罚款。”

“罚款？罚多少？”

“一千元。”

“半夜里想吃风干屁，想疯了吧，你想得真美，一分钱少不少啊？嘿嘿，没有。”

于长水被李清泉来了个烧鸡大窝脖儿，也不好发作，只好自己给自己找台阶下。

“我也知道你们拆废的不容易，可上面有要求，看在乡里乡亲的面上，可以商量，你多少得意思意思，我就假装嘛也没看见。”说着把大拇指在食指和中指上摩擦了几下，做出点钱的样子。

李清泉冷笑一声：“现在真没钱，你等我烧完线，卖完钱，高兴了也许能给你俩钢镚儿。”

于长水一听，脖子一梗说：“行，那就没有办法了，我只能公事公办，按规定把你这些线没收了。”

说着，捡起地上的铁钩子就要去勾那些还在燃烧着的线。

“你敢，你要是敢动我一根线，今儿个你就甭想从这儿出去。”

李清泉说着一步跨到于长水面前，一把夺过铁钩子扔得老远，又指着胸脯，“你要不信可以试试，你先踩着我这儿走过去，再去动我的线。”

铁钩子当啷一声落在地上，把于长水吓了一跳，望着眼前这个高他半头的车轴汉子，心里也有点发怵。心想，知道这个老李头抠门，没想到这么抠，舍命不舍财，今儿个我可能得嘬瘪子。他也不敢往前凑了，生怕李清泉扑上来抱住他一块儿往火里滚。于长水只好退后两步，又给自己找个台阶，指着李清泉说：“行，老李头，你这是敬酒不吃吃罚酒，你等着吧！”

边说边后退，骑上车子，像一只受到惊吓的老鼠，头也不回地跑了。

没过俩钟头，一辆警车响着警笛，闪着红蓝色的灯光，开到了李清泉的场地边停下了，车上下来俩警察。李清泉已经把烧完的铜丝全都锁进了库房里，收的时候铜丝还有些烫手。他正坐在地上抽烟，等警察走近了，他才从地上站了起来，说：“是于长水给你们打电话了吧？怎么着，他没给你们带路啊？”

“你叫李清泉？”

“是。”

“你烧线了吗？”

“烧了。”

“那按规定就得罚款一千元。”

“可我没钱呢。”

“没钱，那就得拘留了。”

“行，我跟你们走。”

李清泉拍打拍打自己屁股上的土，拉开车门坐了进去。俩警察也没说什么，开着车走了。于长水给警察指完了路，站在黑灯影里没敢靠前，见这阵势，他也不得不佩服老李头敢作敢当，从此，他再也不敢来找李清泉的毛病了。

李清泉在派出所里蹲了一夜拘留，第二天被放出来了，回来后，他对媳妇说：“没事，我起五巴更挣的是辛苦钱，狼吃到嘴里的肉，不能再让狗给抢走了，蹲一天就出来了，肉还在咱嘴里，划算。”

在李清泉眼中，这些线和钱并不算什么，但就是不能上交，蹲一宿拘留跟睡在自己家里没有区别，并不影响第二天的忙碌。

人和人本来就有差别，李清泉是对自己抠，闫怀顺是算计货和算计别人。

第八章

闫怀顺何许人也?

闫怀顺也是河湾村的，长得尖嘴猴腮，一双金鱼眼，还左眼眉高，右眼眉低，与之相平衡的是右肩膀高，左肩膀低，为人奸诈，人送外号“蔫坏损”或“鬼难拿”。

别看“蔫坏损”长得并不怎么样，够十个人瞧半拉月的，他自个儿还觉得挺不错的，就爱往女人堆里扎，只要是见着女人，不管是大姑娘、小媳妇，还是年过半百的老太婆，他的腿就好像是被黏在了地上，挪不开步，更走不了路了。他直往前凑合，脸上挂着的笑像是冬天炉子里蹿出的火苗，一个劲儿地涌动，嘴都咧到了耳朵根后面，净说些女人爱听的话，手也不会闲着，拍拍打打，动手动脚的。人们都说他这辈子肯定是蜜蜂转世，专往花丛里钻，不管人们怎么说，他还是狗改不了吃屎。

女人们都知道他这个毛病，聊天聊得正起劲儿的时候，只要看见“蔫坏损”从远处走来，就像见了鬼一样，立马招呼一声“蜜蜂来了”，就会四散走开。“蔫坏损”正要好好表现一番，到了跟前却发现“一朵花”都没有了，他只好嘬嘬牙花子，捋一下额头上耷拉下的一绺头发，长叹一声，离开了。不一会儿，妇女们就又会回来接着唠嗑。

“蔫坏损”也去赶大集，不是为了买东西，只为了看女人。看到女人在前边走，他就会紧走几步贴上去，趁着人多拥挤，掐一把，捏一把，惹得前面的女人破口大骂，他还装作无辜的样子，绷着脸先往两边看，再回头往后看，嘴里还说着：“这是怎么了？骂谁呢？”

等人家骂够离开了，他才找个没人的地方，哈哈大笑起来，一边笑一边摩挲着刚才捏到女人屁股的那两个手指头，仿佛是在数钱一样高兴，他觉得自己好像占了大便宜。

刚开始，他是和三胖合伙拆废。一天晚上，俩人用三马车拉着线去野外烧，等烧完了，把烧出的铜线装上车，又拉回场地。三胖开车，“蔫坏损”坐在车斗上，车开到场地后“蔫坏损”就回家了。三胖在场地值夜班，他溜达到三马车旁，俩眼盯着装在车斗里的铜线，不错眼珠地看着。不对啊，烧过好多次线了，每次都是开这辆车，烧回来的铜线都比现在车里的多，问题出在哪了呢？他把烧线后到回到场地的经过又仔细想了一遍，这期间始终就是他和“蔫坏损”两个人，一定是“蔫坏损”动了手脚。

三胖索性锁上大门，直接往“蔫坏损”家走去。到了大门口，就看见“蔫坏损”家院子里的门灯亮着，他透过门缝往里一看，“蔫坏损”正从三马车上往下抱东西，再仔细一看，没错，正是他们烧出的黑乎乎的铜丝。

只听东子说：“爸爸，咱这样做，三胖叔会知道吗？”

“知道个屁，三胖那个傻子，就知道受大累，分钱的时候给他几十块钱、几百块钱的就乐坏了，他哪知道你爸我的手段。对了，刚才你开三马车回来时遇上过人吗？”

“没有，三胖叔开车过去之后，我就在岔道上把车开出来了，没走多远，就摸到这一大团铜线了。”

“行，儿子，你真能干。记住了爸教给你的话，有钱不赚是傻瓜。”

“我记住了。我还按你说的，又在村子外边转了一圈才回家的，没人看见，车后也没人盯着。”

二人说完关上门灯回屋去了。三胖一听，打了个唉声，又回到了场地。

第二天，“蔫坏损”走进场地，三胖就说：“你看看咱俩夜里烧来的铜丝有问题吗？”

“怎么了？”他假模假式地看了一会儿，“没问题呀。”

“有问题，少了，最少丢了三分之一。”

“丢了，怎么会丢了呢？我一直坐在车斗上。”

“你坐在车斗上，遇见沟沟坎坎的，车一颠，不就从你屁股底下颠到地下去了？”

“我坐在车上，屁股坐着铜丝，怎么还会颠到外边去了呢？”

三胖见他这么能装相，气就不打一处来，“我是傻子，你也傻呀，你不会抱起来往车下扔啊，不就掉下去了吗？还有人埋伏在黑暗处等着接应呢。”

“你，你什么意思？”

“什么意思？咱俩的合伙到头了，今儿个就散伙。可是散伙之前，你要是不把晚上你偷走的铜线给我弄回来，我就报警，你们爷儿俩就跟警察说去吧。”

“蔫坏损”一看戏法变露了，倒是面不改色心不跳地走了。过了一会儿，东子开着三马车把铜线拉了回来，卸了车，也像他爸爸一样，一言不发地走了。

李清泉和王德顺、三虎几个人这些日子拉来的货出铜多，几个人干得心气十足，都很高兴。不过李清泉高兴得有点早了，没想到王德顺会兜头给他泼一瓢冷水。

这不，李清泉正在打扫场地，王德顺来到场地，一脸严肃。李清泉没在意，问：“德顺哥，我想趁着现在铜价上涨，咱再进几箱货，你看怎么样？”

“清泉呢，我不想干了，我退出吧。”

李清泉这才看出王德顺的脸色难看，就问：“怎么了，德顺哥？”

“我想把股撤出来。”

“怎么，我哪有做得不对的地方吗？我哪做错了，你就直接说。咱俩就是亲兄弟，你打我骂我都行，你别这样行吗？”

王德顺还是绷着脸说：“没有别的，兄弟，你想多了。我就是觉得太累了，茬伙儿的买卖不好干，人多，事也多，我也替你干不了嘛，我就想自己干，图个清静。”

“行，德顺哥，你是我的救命恩人，我这一辈子都会感谢你。你不愿意掺和了，那咱就分开，你什么时候愿意回来，咱还接着干。”

李清泉叫来三虎几个人，把自己的弟弟李清水也叫来了，李清水当着几个人的面，把账目算了一遍。

李清泉说：“德顺哥，账捋好了，你要是觉得没有什么问题，该你的那份，你就都拿走。”

算完了账，王德顺提着自己的钱往外走时，李清泉又说：“德顺哥，咱俩虽然买卖分开了，可还是好哥儿们，往后你遇到什么难处，一定跟兄弟说一声，好吗？”

“行。”王德顺应着，拍了拍李清泉的肩膀走了。

李清泉看着王德顺越来越远的背影，就和三虎他们几个说：“德顺哥昨天和咱们还干得好好的，今天为嘛非要掰把呢？这里边一定有事。你们哥儿几个多长个心眼，有时间去扫问扫问。这段时间咱的买卖好，一定有人眼红了，给咱背后捅刀子。”

几个人点头称是。

过了两天，三虎跟李清泉说：“德顺哥也在河湾村租了一块儿场地，和牛子茬伙儿俩人干拆废呢。”

“牛子也是实诚人，你有空去问问牛子，看看德顺哥是受了谁的病？”

三虎和牛子关系本来就不错，经常隔三岔五地请牛子喝酒吃饭。有一天，牛子说：“‘蔫坏损’这几天老往德顺哥场地跑，他跟德顺哥说话还老背着我，不让我听。昨天我在场地上茅房，‘蔫坏损’又来了，我听他跟德顺哥说，‘怎么样，德顺，买卖发财了吗？’德顺冷笑着说，‘比不了你这大老板，我这就是小打小闹。’‘我跟你说的那事想得怎么样了？咱俩合作，包你发财，准比你跟李清泉干的时候赚得多。’‘我也不想大干了，跟牛子我们俩就小倒腾点得了。’”

李清泉一听就知道，是“蔫坏损”在拆他的台，要把王德顺拉过去。他说：“行，三虎你跟牛子说，劝劝德顺，千万别上‘蔫坏损’的贼船，那小子心术不正。”

后来，三虎又说：“德顺哥没有答应和‘蔫坏损’入伙，而是和牛子商量，又找了几个人，大伙儿凑钱，开始进货了。”

李清泉这才放下心来，说：“只要德顺哥别跟‘蔫坏损’搅在一起，就一切都好办。”

烧线又脏又累，呛得人喘不出气来。早就有人劝李清泉，你都是大老板了，雇人去烧吧，他却直摇头。

刚刚开始拆废时，李清泉就自己烧线，当时只是舍不得给烧线工人开的工钱，他偶然在一个小酒馆里吃饭，知道了烧线背后的事，就更不雇人烧线了。

那天，李清泉在饭店吃饭，遇到了十来个外地人在他隔壁喝酒，后来十来个人都喝醉了，从前言不搭后语的对话中，李清泉听出来这是买烧线灰的安新人请烧线的人喝酒。开始，李清泉也没在意，自己一边吃饭一边有一搭没一搭地听着，越听，李清泉的后脊梁越冷，他无意中知道了烧线的猫腻。

在拆废刚刚开始的时候，人们烧完电线后，剩下的灰都被当成垃圾倒掉了，可是后来安新县的人过来了，就整天围着场地转，专门收购烧线后的残灰，人们问买这个有什么用，他们也不回答。后来才知道，他们懂技术，把这些灰拉回去，经过处理，可以从中提炼出铜、铝等金属。人们这才知道，本来是被当垃圾倒掉的灰，还可以卖钱。

后来，安新人就开始打起了歪主意，他们暗地里主动找到烧线的工人，给他们钱，让他们在烧线时故意烧过火。原来，表面上看最不需要技术的烧线，实际上也有偷手，烧线的火候直接关系到烧后剩下铜丝的多少。要是火候掌握得好，刚好把电线皮烧完了就马上停火，烧出的铜丝是最多的；如果不停火，继续烧，就过火了，电线里边的细铜毛丝就被烧化了，留在了烧线灰里，最后清理出来的铜丝就少，专门来买烧线灰的安新人就占到了便宜，他们在烧过火的线灰里可以提炼出更多的铜。

烧线的活又脏，又呛，又累，又热，后来清河镇的人就没人愿意干了，外地人专门组织起一拨人，给各个场地烧线，一般六个人一组，人们就叫他们烧线班。烧线班得了安新人的钱，当然就听人家指挥了，哪个场地都烧过火，烧完线后，就告诉安新人场地的位置，天一亮，安新人就会来买灰。这些情况，场地的老板就像被装进了坛子里，一点也不知道。

烧线班的人挣钱也是真辛苦，他们干活时也不戴口罩，没有任何防护措施，整夜在浓烟烈火里熏烤，烧完一次线，满脸、满身都是浓烟熏出的黑油，鼻子里塞满了烟灰，要想洗干净身子，每次都得用掉一块儿肥皂。就是这么又脏又累的活，有的场地老板对烧线班报出的工钱还讨价还价，拼命压低，所以烧线班很少有和老板一心的，他们只是雇用关系，烧完了线，拿钱走人，一走两清。

李清泉整天烧线，当然能体会到烧线的不容易，觉得烧线班的人可怜，其实他在别人眼中更可怜。

每回烧线，李清泉都忍受着呛人的怪味儿和灼人的热浪，长时间在烟熏火燎里透支体力，让他这个健壮魁梧的车轴汉子瘦了一圈，咳嗽变成了他的“好朋友”，黑白都离不开，后来咳嗽又成了喘，活动时间长了就上喘。家人让他休息，“没事，就这样了”成了他安慰自己和家人的口头禅。老伴儿让他去医院看看，他说：“庄稼人就是泥捏的，没这么金贵，谁还没有咳嗽过呀，没事。”

他硬是不看病，不吃药，就这么忍着，一天活也没有少干。咳嗽得实在难受了，就让老伴儿去村医那里拿些治咳嗽的药吃。

这天晚上，李清泉看着电线堆里的火苗越来越弱了，烟也不冒了，用眼扫了一遍场地周围，也没有发觉什么，就走进屋里，舀了一舀子凉水喝，又歇了一会儿，拿起铁钩子清理灰里的铜丝。清理到西边的篱笆附近时，却发现一大片灰里没有铜丝，他断定篱笆外边刚才准有人来过了。清理完了铜丝，李清泉就到挨着的场地说起刚才烧线丢铜丝的事，他们说也遇到过同样的情况，一两个月得丢两三回，也不知道怎么回事。李清泉心里有数了。

再烧线时，从点火到灭火，李清泉不错眼珠地盯着周围的篱笆看，没发现有人，这次铜丝也没少。又过了半个多月，电线堆里面的火刚刚熄灭，李清泉很快就发现西边篱笆根有动静，他把场地大门推开一道缝就冲了出去，看见前边有个黑影一蹿一蹿地跑得挺快，周围都是烧线的黑烟，追了几十米，就把黑影追丢了。李清泉就大喊："来人啊，有人偷线了！"

旁边场地里出来几个人，冯三宝说："别追了，我知道是谁。"

"谁呀？"

"孙大炮。"

李清泉一听，就泄了气。

这个孙大炮就是河湾村的，六十多岁，光棍儿一个，平时就爱喝酒。其实他原来也娶过媳妇，可是孙大炮天天喝酒，有菜喝，没菜也喝，媳妇天天劝，劝不过来就天天吵架，还是管不了孙大炮，媳妇一气之下带着儿子回了娘家，孙大炮也不去接。后来孙大炮的大舅子来了，本来打算劝劝他，让他把妹妹和外甥接回来，可当他看到孙大炮用筷子夹着石头子蘸酱油当下酒菜，还在喝酒，二话没说，扭头就走了。

冯三宝说："孙大炮买酒没钱了，就到周围的场地偷线。他有一根好几米长的钢筋钩子，场地烧线，他就在篱笆外边等着，等里边火灭了，就从篱笆缝里往外勾铜丝。"

苏光明说："这个老家伙跑得贼快，有一次我值夜班，他又来偷线，口袋里装了足有百十斤，我一追，他扛上口袋就跑，眼看就要追上了，他往河边跑过去了，我追到河边，用手电一照，孙大炮扛着袋子跳进了河里，已经凫出去老远了。我真服了，六十多岁的人了，还扛着一袋子铜丝，我都追不上，这家伙体格是真好。”

冯三宝接着说：“孙大炮也不可着一家偷，他转着圈地偷，随意地偷，去了谁家，谁家就中奖了。他偷的这点东西，即使把他送到派出所，也拘留不了，也判不了刑。回头咱们各场地集合商量怎么对付孙大炮吧。”

孙大炮把他家周围几十个场地老板急得脑仁儿疼。第二天，冯三宝就把场地的老板们都叫到了他的场地商量，说：“每个场地每天都提心吊胆地防着他，还不如主动出击。”

一个说：“一到晚上咱们就拿一把锁，把孙大炮家的门在外面锁上，他就出不来了。”

另一个说：“他出不了门，不会跳墙头吗？”

这个说：“那咱就把他的大长钩子偷走。”

那个说：“他明天还可以再做一个。”

又一个说：“那咱就给他送瓶酒，让他在家里喝。”

又有人说：“你只送酒不送菜呀，他喝不好还得出来。怎么办呢？”

正在大伙儿拿不定主意的时候，“高一招”拍了拍手说：“我倒有个主意，你们听听行不行？我就不信，咱这几十个场地联合起来，还治不了他一个老光棍儿？咱们每天晚上不都得去吃饭吗，咱吃饭的时候，就叫上孙大炮，酒管够，菜随便吃。他一吃喝上，你赶他走，他也不走了。”

冯三宝说：“我看也只能这么办了。不过咱丑话得放在桌子面上，咱们排好了班，轮到你请孙大炮，你忘了没请，要是当天夜里孙大炮偷了谁家的线，你就得给人家包赔损失。”

大伙儿一致同意，说这个主意不错。孙大炮每天偷的线也得值几百块钱，让他吃一顿，撑死了也吃不了一百块钱的东西。

打这天开始，每到天擦黑，就有人敲响孙大炮的家门，请他喝酒。夜深了，喝得一溜歪斜的孙大炮才被人扶着回来，扔到炕上呼呼大睡。天天这样，他也习惯了，晚上准有人来请客，他中午都不吃饭了，就等着晚上吃个贼饱。孙大炮天天大吃大喝，人也胖了不少，脸上还有红是白的了。

可惜没过几年，上级不让烧线了，发现烧线的，就给场地大门贴封条。没人烧线，也没人请孙大炮喝酒了。孙大炮伤心了好几天，他转不过这个弯儿来，国家管拆废干吗呢？只留下烧线不也好吗？

刚刚解决了孙大炮，新的麻烦又等着李清泉了。

第九章

嘛麻烦呢？穿制服的人来了。

这天，李清泉正在场地里看着工人们用剥线机拉线。天热，没有一丝风，知了在树上烦躁地叫着，每个工人的头上都有一把大遮阳伞，几十把遮阳伞几乎把场地都遮住了，院子里到处是机器转动的嗡嗡声。

忽然，从大门口走进来几个穿制服的人，进门就问谁是场地负责人，李清泉走上一步，说自己就是。走在最前面的一个留着短发的女同志问过他的姓名后，就说：“我们是县环保局的，来看看你这里的生产环境。”

几个人就围着场地转了一大圈，连仓库和办公室都转到了。走到一堆细线旁，“短发”问这些细线怎么处理，李清泉多了个心眼，回答说有人来买。

“那好，记住可不能烧线啊，烧线属于重度污染，必须禁止，否则就要停产了。”

李清泉满口答应。

“短发”让身后的人从手提包里取出了一沓纸，“这是环境保护协议书，上面有许多条款，你仔细看看，不能违反，一旦违反了，怎么处罚，上面都写着了。协议书一式两份，你签完字，自己留一份，我带回去一份备案。”

“短发”领着几个人走了。李清泉把协议书看了一遍，满满两大张，密密麻麻的全是字，不许烧线，不许排放废水、废气，机器要加防尘罩等，他几乎一条也做不到。他想上边这是又来给孙悟空念紧箍咒了，怎么办呢？他看看几十个拆线工人，又看看那挑出来的一大堆机器拉不了的细线，犯了愁。这么多人干活，这个线堆会越来越高，怎么处理呢？他又去了临近的场地，一打听，“短发”他们是挨个场地转的，大家都签了“生死状”。

“不让烧，那你们拆出来的细线怎么弄呢？”

“先攒着吧。”

又过了两天，细线堆越堆越高，越来越大，像一只扎里扎撒的大刺猬。李清泉怎么看，怎么觉得闹心，这个“大刺猬”不让烧，又没人来买，不能总让它在这里添堵呀。他想，今天晚上出去转转再说。

半夜一点了，他走出自己的场地，在周围转悠。周围全都是场地，到了晚上挺静的，只有他的脚步声，和脚步声引起的一阵狗叫声。见别的场地没有烧线的，他心想，这协议这么厉害吗？把人们全都吓住了。他又转回了自己的场地，对着那个“大刺猬”运气，别人都不敢，我就先试试，看看那两张协议是真管事，还是走走形式，专为了应付上级检查的。

他拿起铁钩子，把“大刺猬”拽开，在场地上摊成了一字长蛇阵，找了两把柴火放在电线下面，就用打火机点着了。烟越来越浓，火也着起来了，火苗升腾着，发出像放鞭一样的啪啪声，不过声音比放鞭小多了，离远了也听不见。可是烟和火是盖不住的，把天都映红了，浓烟滚滚，随着风向四周慢慢散开。风带走了一股烟，又会冒出来一股，源源不断，一直烧了两个多钟头才算烧完了。李清泉把铜线收拾完，把灰扫到一旁，一看表，已经凌晨四点了，他就躺在办公室里睡着了。

天亮后，工人们照常撑着大伞，在伞底下干活。已经十点了，忽然，“短发”领着那几个人又进了场地。李清泉一惊，赶紧迎上去问有什么事，“短发”也不说话，走到那堆灰跟前，用手一指，身后的人立刻把相机对准了，咔嚓咔嚓拍了起来，又往前走。李清泉一看，知道准要出事，立刻张开双臂拦着。

“李清泉，我们这是在执行公务，请你让开。”

“你们还要找什么？”

“一会儿你就知道了。”

几个人从院子里走进了仓库，“短发”一眼就看见了那一大团被烧得发黑的细铜丝，又让身后的人拍了下来。李清泉把几个人请到了办公室，“短发”说：“上次给你的协议都看明白了吗？”

“看明白了。”

“按照规定，今天先罚款警告，下次再发现，肯定就要让你关门停产了。”

“罚多少？”

“两千元，纸上写着了。”身后的人代替“短发”说完，又从包里拿出一沓收据，撕下一张递给李清泉。

李清泉也没说话，乖乖地交了罚款。环保的人走了，他却坐不住了，这环保的人也不在河湾村住，他们是怎么知道我烧线的呢？还抓了个现行，让人家拿到了证据，他始终也没想明白。忽然他想起了什么，从抽屉里拿出那份协议，又仔细看了一遍，协议的最后两行写着“遇到违反上述规定的行为，群众有权举报，举报电话……”

李清泉终于明白了，他昨天晚上烧线的时候就被人盯上了，人家打了举报电话，那人现在肯定是领到奖金，正偷着乐呢。

又过了几天，细线又堆了老高了，李清泉这回没有烧，而是在傍晚把它们装上了卡车。晚上十二点，李清泉开着卡车出了场地，直接开上了大公路，左拐右拐，一直向西开去，进了大城县境内，他才松了一口气。又开了十几里，找到两个村子中间的一条土道，停了车，把线卸下来，摊开线就点着了。周围的村子里也有烟和火光，他在这里点着了线烧，就不那么显眼了。烧完了线，李清泉就把铜线装上车，回到了场地。他离开场地的时候，就多了个心眼，仔细看了看周围，回来的时候又看了半天，生怕又被人盯上。好在过了两三天，都没有事，他就又去大城烧了两次。

过了几天，“短发”又来了，李清泉脑袋又大了。

他知道举报他的人尝到了甜头，不把他这块儿大糖唆拉没了，不算完。“短发”肯定又收到举报信，来兴师问罪了。

果然，“短发”一张嘴就证实了李清泉的推测。

“李清泉，我们接到群众举报，这次你是没在这里烧，可是把线拉到了大城县境内去烧了，在哪里烧，都是破坏和污染环境。经过环保局研究，上次罚款只是警告，这次只能停产整顿了，现在就请你让工人们先别干活了，场地所有的人，都要离开，当然也包括你，我们要贴封条。”

李清泉一听，“短发”动真格的了，脸上立刻堆满了笑，恳求起来：“同志，同志，别价啊，你消消气，千万别让我停产，行不行？你行行好，高抬贵手，再饶我一次，好不好？我保证从今往后，一个线头也不烧了。只要不停产，怎么处理听你们的，我绝不烧了，你看行不？”

“短发”没有说话，她身后的人说：“李清泉，我们这是在执行任务，你说别的也没有用，赶紧让人们都散了吧。”

“别，别这样，环保同志，我这儿好几十个工人，从早晨六点就在这里干活了，我得给他们开工资。求求你们，先别让我停产，好不？我错了，我认罚，罚多少都行，你们说了算。一停产，我怎么办啊？我的亏损就大了，来了集装箱往哪里卸货呀？定好的货，人家今天就要来拉了，一关门，人家来了，不就撞门鼻子了吗？”

“短发”说：“我们也知道你挣的是辛苦钱，不容易，但是你多次违反协议规定，我们只能按规定处理了。”

李清泉一听，脸色由通红变成了蜡黄，胸口拉风箱一样上下起伏着。他想到自己历经了千辛万苦，才把买卖干得刚刚有点起色，现在却要关门了；想起因为烧线，被于长水举报，然后被警察带走；想起钱被骗走，至今一分钱也没有追回来……他越想越委屈，那委屈在心口越聚越多，变成了一团火，熊熊燃烧着，他被这团火烧着、烤着，胸口就要爆炸了，那团火直往上涌，被他拼命压下去，那团火再次顶上来，他再怎么压也压不下去了，火终于找到了火山口，一下子就喷发出来了。

“啊——”李清泉使尽了全身的力气，大喊了一声，脸色变得铁青。

“短发”几个人也吓了一跳，不由得后退了几步。

李清泉瞪着眼往前走了两步，“你们说停产就停产啊，你们可以天天罚别人的款，给别人贴封条，自己一分钱不少地拿工资，我行吗？庄稼人活这一辈子容易吗？好不容易找到了一条养家糊口的道儿，你们就非得来掐脖子吗？你们吃过糠咽过菜吗？你们吃过能拔出丝来的馊馒头吗？你们咽下过有病没钱治，眼睁睁看着亲人死去的苦水吗？你们在冰上塌缸差点冻死过吗？你们在宽河抓着车子凫水，腿抽筋差点淹死过吗？你们的钱被人家骗走后，一分钱也要不回来过吗？你们因为买了人家偷来的东西，大年三十晚上整宿在派出所里蹲过吗？我们老百姓干点买卖，怎么这么难呢？工商的要钱，税务的要钱，我一分钱也没少交过。又出了个环保，环保就不让人们活了，就得让老百姓喝西北风啊？就得把人们的脖颈儿系上啊？你们好几个人，大马金刀威风凛凛地来对付我一个小老百姓，算什么本事？有本事，你们别让港口进口废品了，我想拆，我也没有货啊，没有了货，我想污染，我拿嘛去污染啊？有本事，你们先给港口上那些大老板们的货场贴上封条，他们的货比我的多得多，人家是大海，我这顶多就算个小泥坑。你们拿着国家的工资，拿着纳税人的钱，还来欺负纳税人，这算嘛本事啊？”

李清泉停了一会儿，慢慢蹲下了，像一个撒完了气的气球一样。人们都以为他已经发泄完了，累了。

“啊——”忽然他又放声大哭起来，声音很高、很尖，引得过路的人和工人们全都围过来看。

人越聚越多，李清泉开始三行鼻子两行泪地边哭边说：“我起早贪黑地干了这么多年，落下嘛了，就剩下这么个场地。我就是想多挣点钱，再盖两处房，给两个儿子娶媳妇。就想等我老了有病了，可以有钱去医院看病，不会像我老娘那样，眼睁睁地看着没钱治。我就这点愿望，这有错吗？你们大伙儿都说句公道话，封了我的场地，我就没法儿活了。”

周围的人就七嘴八舌地议论起来，“短发”也没想到，自己一次简单正常的执法，会让李清泉这么激动，还引来那么多人围观，就说：“李清泉，你也别太激动了，我们虽然没有吃过你说的那么多苦，你说的，我们也能感受得到，我穿着这身制服，就得为环保做工作，也请你多多理解。本来按照规定，我们今天得给你的场地贴上封条，整顿合格后，才能恢复生产，你的难处我们也理解，这样吧，我们回去向领导汇报一下再说。”

“短发”带着人走了，李清泉一下子就瘫倒在了地上，人们赶紧把他架起来，抬进办公室里，放在炕上。

李清泉猜想，这事不会就这么完了，“短发”汇报后，肯定会有一个大人物出现。

果然，大人物就接连登场了。

第二天，村主任就来找李清泉了，他说，你跟我去一趟镇政府，主管环保的副镇长给我打电话了。李清泉和村主任来到了镇政府，见到了副镇长，副镇长说县环保局的一把手给他打电话了，强调了抓环保的重要性，又重点说让镇政府和村委会做好李清泉的工作。

“环保是国家的大政方针，县里、镇里、村里都得配合，抓紧落实，当然针对你个人来说，肯定会有损失，损失可能还不小，但也得服从大局。现在抓环保正在热闹轮上，谁也不能违抗，要是公开对立，那就是妨碍公务，公安执法部门就得介入了。”

“这些大道理我都懂，就是觉得一个无权无势又没钱的小老百姓活得忒憋屈了。种地不够吃的，赔钱，一家子好几张嘴都等着吃饭，总得让人有个活路啊，给点奔头啊。你们领导应该为下边的老百姓多想想。你就说吧，上面说的怎么处理我？”

“现在拆废场地都面临着和你一样的问题，我们也向县里反映过，领导们也得调研，找专家论证，才能找到更好的解决办法。在新政策出台之前，只能按照现有政策执行。环保局也考虑到你确实有难处，这次就不再追究你阻止贴封条的责任了，可是你多次违反规定，这次又在场地大闹，那么多人都看见了，要是一闹就不执法了，那不就乱套了吗？这门还是要封的。”

“行，你给我三天，我把工人们工资结清了，把已经订好的货该拉的让人家拉走，场地也得清理清理，第四天你就让环保的来贴封条，这样行了吗？”

“行，李清泉同志，谢谢你的配合。先停产，你也想想有没有别的解决办法，或者等着看看形势会有什么变化。”

到了第四天，李清泉的场地大门上就被十字插花贴上了两张封条，封条上面盖着环保局的大红印章，写着封场地的日期。

场地已经封了十几天，李清泉只能自己开着车，去别人家的场地转悠，看在哪可以买出点什么东西，再倒腾出去，赚点小钱。今天赚三十，明天赚五十，老是小打小闹的，李清泉怎么想还是觉得解封自己的场地，才是唯一的出路。

一晃一个月过去了，嘛音信也没有，封条还照样贴着。他就和几家都被贴了封条的小老板们联系好了，去镇政府找副镇长，副镇长也只是好言安慰，他们又直接去了县环保局找局长，局长开会去了，没在局里。第二天，又说局长下乡了，一直都没有见着局长。第四天，他们又去了，秘书说，局长上午还有会，不知道几点散会，李清泉他们这回就坐在局长办公室，不走了。几个人中午去外面小饭馆吃了点饭，就又回到了办公室里等着。

下午四点，局长终于回来了，说：“不好意思，这几天太忙了。听说你们跑了好几趟，也没见着面，你们就说说有什么要求吧。”

几个人说了半天自己的难处，主要的还是要求环保局给揭开封条，让场地开工。

局长说：“我在南方考察，听说当地可以设计小型的剥线机器，专门分解粉碎细线，然后再筛选。这种机器正在研发阶段，等批量生产了，估计你们的难题也就解决了，困扰我们环保的‘卡脖子’的问题也就解决了。不过需要多长时间，现在还不好说。”

李清泉说：“那也不能因为新机器没有研究好，我们就总是关着门吧，那得等到猴年马月了。局长，有没有其他办法，现在先把我们场地的封条给揭下来，让我们先干着。有了这次教训，再有拆出来的那些细电线，我们保证一寸都不烧了，我们都留着，等机器来了，再一块儿拆行不？”

“你们稍微坐一会儿，我们商量商量。”

过了一会儿，局长回来了，还带着那个“短发”，李清泉急忙迎上去，局长说：“这件事就这么办，你们跟刘科长去办理吧。”

“短发”把他们领到了自己的办公室，“刚才领导开了班子会，商量过了，你们都写一份保证书，保证以后不再烧线，等以后有了机器，你们再拆解那些细线。”

几个人都同意，马上写了保证书并签上了自己的名字。傍晚，他们回到家中，就揭开了封条。

小车不倒只管推，李清泉的场地又恢复了往日的车来车往。

他对自己在县环保局立下的保证不敢打任何折扣，同时也觉得去环保局找局长算是找对了，现在场地的封条被揭走了，就像重打锣鼓另开张一样。他就想，再多打听打听，多找几个进货渠道，也可以比较一下，哪的利润会高些。

这些年在这个行业里摸爬滚打，李清泉确实积累了不少经验，成了这个行业中的行家，别人常常称赞他是这方面的“虫子”。

李清泉被骗走的钱，一分钱也没有追回来，还得咬着牙，想方设法往前奔。他没想到的是，“麻杆儿”给他搬来的那块儿石头，不光他碰上会被绊倒，谁碰上都得摔个骨断筋折。

第十章

谁又被那块儿石头绊倒了？不是别人，正是在冰窟窿里救过李清泉性命的王德顺。

这天，三虎风风火火地跑过来，“清泉哥，我听牛子说，他们场地的所有钱也都被诓走了，德顺哥急得没法儿了，要死要活的。”

李清泉一听，说：“现在德顺哥在哪呢？”

“就在场地。”

李清泉来到了王德顺租的场地，离得很远，就听见里边有哭声。一推门见王德顺正捶着大腿哭：“你们说我这不是瞎了眼了吗？相信了一个骗子，他让咱赚了几回钱，我就放了大胆汤，相信他了，把前面赚的钱连本带利都给他了，他还让咱们又借了那么多钱，这回全打水漂了。”

旁边的人就劝，李清泉进来，并没有人理会。他直接走到王德顺面前，蹲下，拉着王德顺的手说：“德顺哥，你想开点，千万别再钻牛角尖了，我的钱也被人骗走了，咱再想别的办法，车到山前必有路，高粱地里饿不死瞎家雀儿啊。”

王德顺哭得更厉害了，“清泉，我对不起你，我也没有想到会有今天。‘蔫坏损’跟我说，你兄弟管账，你管钱，你们哥儿俩造假账，合伙坑我们几个，少分给我们钱，我轻信了他的鬼话，才和你掰了把。后来我又想，你不是那样的人，想再回去，也没有脸了。”

“我就知道，‘蔫坏损’憋不了好屁屁。”

“‘蔫坏损’撺掇我跟他入伙，我能跟他入伙吗？你哥也是个小孩儿拉屎脸朝外的人，我能干那事吗？都知道他是鬼了，我还能跟鬼混吗？我和牛子几个人凑钱拆废，开头几回，赚了点钱，又借了点，想多买几箱，没承想一百多万块钱全都打了水漂了。”

“德顺哥，千万别着急，咱再想别的办法。”

王德顺一咬牙，“不行，我饶不了姓白的那小子，咱的辛苦钱为嘛便宜了他个白眼儿狼呢？”

李清泉又劝了半天，王德顺才平静下来。

李清泉找到了镇里主管经济的副镇长，详细说明了自己被骗的经历。然后说：“恳求领导，我不甘心呢，现在形势那么好，我不能就这么白瞎了，让那几十户借给我钱的人成天哭天抹泪的，谁受得了呀。你行行好，能不能给好好想想办法。”

副镇长说：“行，我询问一下银行，听说他们那有活动。”说着就给银行拨了电话，聊了一会儿，放下电话，他说：“银行有小额贷款，利息比较低，你过去看看能不能申请一下。”

李清泉千恩万谢地去了，因为有副镇长垫话，李清泉又用自己的房子做抵押，很快就办好了小额贷款。李清泉打电话告诉王德顺，让他也来申请些小额贷款，王德顺在电话里说，他出门了，不在家，等回来再说。

李清泉又找朋友借了不少钱，继续滚他的雪球，希望这次能越滚越大，自己能挣着钱，让亲戚朋友们也都落点实惠。

这些年，李清泉经营自己的场地，虽然积累了不少经验，可是他还是把自己当成一块儿干海绵，努力吸收着周围的水分。不管是和场地老板们喝酒，还是跟客户聊天，只要听到自己弄不明白的，他就非得刨根问底，有时候为了了解一个细节，就是多灌自己几杯酒，他都在所不惜。

第十一章

这不，让李清泉长见识的机会又找上门来了。

李清泉注意到场地里经常来一些南方人，每人只夹着一个皮包，他们不买铜，也不买铝和铁。他想，南方人能从那么远的地方跑到北方来，要是赚钱不多，早就回家了，人家夹的这个小皮包，应该比我们当地人的一辆小三马车，甚至小卡车赚得还要多。他不由得对南方人关注起来，希望能从他们身上学到点对自己有用的东西。

南方人在北方人的心目中都是买卖精，不是有“南蛮子憋宝”的传说吗？他们眼力高，会做买卖，也讲诚信。

这天，南方人又夹个皮包在场地里转，他们买电闸开关、线路板、各种充电器等，还买各种电子元件。这些线路板都是从各种电器上拆下来，按废品的价格买来的。刚开始拆废时，李清泉觉得这些线路板，还有上面焊着的电子元件也没有什么用，就倒进剩下的底子里一同卖掉了。看到南方人把它们挑出来买走，买的时候也很便宜，买一书包也用不了多少钱。李清泉也不知道这些电阻、电容值多少钱，也许人家卖几个，就能把这一提包的货款都赚回来了。他就找了一个大箱子，把拆下来的所有线路板和电子元件都放进去，来了买货的，就把人领到大箱子跟前。箱子里的东西，有时候自己试着要价，有时候人家给的价还挺高，用李清泉的话说，这叫“剜到篮子里都是菜”。

李清泉又通过亲戚关系在大城县买了两箱货，验货时发现一个箱子中有两个铁架子，架子上面有许多山药蛋大小的小圆球，肯定不是铜，也不知道是什么东西。李清泉就对亲戚说，不要这一箱子货了。亲戚说：“你也看不见下面的货是好还是坏，不就是不愿意要上面这两个铁架子吗？能有多大分量？你放心，我给你们拆的箱子，肯定能赚钱。你们这次要是赔了，下次我再给你们想办法找补找补。”

李清泉没办法了，只好拧着锅勉强买了下来，随后就找来工人们拆解。工人们见这两个铁架子，还有许多小圆球，就说不好拆，要求增加工钱。没办法，李清泉只好给他们增加了二百块的工钱。开始拆解了，工人们先拆解铁架子，李清泉让他们把拆下来的小圆球单独放在尼龙袋子里。他捧着这些小球，端详起来，这小球像山药蛋一样，看了半天也不知道是什么货，问拆解的工人，他们也不知道。这天，又来了一位南方人，他也提着一个手提包，是专门买电子元件和稀有金属的。他看见了正在拆解的铁架子，眼睛一亮，问谁是老板，李清泉走出屋子。

来人问：“老板，这些卖吗？”

他指了指那些被拆下来的“山药蛋”。

“卖，只要价钱合适就卖。”

“你放心，我在这儿做生意已经好几年了，保证公平买卖。”

“那你看这些货怎么样？”李清泉抓了几个“山药蛋”递过去。

南方人接过去，仔细端详了一番，说：“这个纯度还可以，你们肯定也懂行，我保证能给你最合适的价钱，这些小圆球，就给我留着吧。”

“可以，你再说详细点，我们干这个的，当然懂行，现在就看你是诚心诚意要买这些货，还是要故意糊弄我们。”

“哪能呢，这次我糊弄了你们，下次还能登门吗？我如果那样做买卖，早就一个客户也没有了。实话实说，这些小球当中镍含量是比较高的，我一定给你个好价钱。”

“那多少钱一吨呢？”

“老板，这么贵重的东西咱就别论吨了，咱论斤，七十块钱一斤，怎么样？”

李清泉听了对方的报价，先是吃了一惊，这些小球，他研究了好几天，都不知道是嘛。怕对方看破，尽管李清泉内心激动，表面上却没有显露出来，而是用平静的表情努力掩饰抑制不住的兴奋之情。他做梦也没想到，开始都不愿意要的东西，竟然会这么贵，当时的铜才五万块钱一吨，合二十五块钱一斤，人们都觉得已经够贵了，没想到镍的价格比铜高出了近三倍，这样看来，这些“山药蛋”真的变成“金疙瘩”了。

“行，我看你也是实诚人，咱就先这么定下了。你留个电话，等拆完了我给你打电话。”

南方人留下电话就走了。李清泉见他走远了，自己才来到库房，关上门，哈哈大笑起来，笑够了，赶紧给三虎他们打电话：“大喜事，这回咱们可发了。”

到了第四天，两个铁架子上的“山药蛋”全都被拆了下来，尼龙袋子装满了好几个。

李清泉又打电话问了其他懂行识货的朋友，了解镍的行情，知道南方人的报价还比较高，他心里就有数了，就给南方人打了电话。南方人来了一看，有好几袋子镍，自然高兴。

李清泉说：“这两天，也来了几拨人，有的人给的价比你的还高，我也没卖，因为咱俩前几天都说好了的。怎么样，价再往上涨涨？”

“老板，我给你报的价是最公道的了。我做买卖绝不蒙人，我拉回去多少也就是赚个零花钱，再涨，我就白忙活了。”

“行，就这样。”

过完了秤，算完了账，南方人从手提包里拿出了三沓百元大钞，交给了李清泉两沓，从第三沓里抽出了十几张，装进了自己的提包后，剩下的也递给了李清泉。

“李老板，你够朋友，你放心，我买货也是在交朋友，再有类似的货，您还给我打电话，我保证给您最公道的价格。”

李清泉一回头，把三沓钱交给三虎后，双手紧紧握住南方人的手，“我也是实诚人，有你这句话，往后咱们就是兄弟，以后哥哥断不了麻烦你。”

李清泉说的确实是掏心掏肺的话。

通过和这个南方人做买卖，李清泉又一次验证了自己常跟儿子说的话，做买卖要讲诚信。你动心眼算计别人，就会失去很多朋友和机会。

机会抓不住就会溜走，李清泉就抓住了。

李清泉和这个南方人成了朋友，南方人也很真诚。再有不认识的货，李清泉就让他过来看看，然后给定价，这个南方人姓郑，李清泉就叫他“郑南方”。

“郑南方”成了李清泉的验货顾问，李清泉有空就跟“郑南方”聊天学习，后来，自己也逐渐认识了好多稀有金属。李清泉才知道，南方人有提炼稀有金属的技术。电闸开关上有金点、银点，可以提炼出金和银；线路板中除了电子元件可以再利用，还能提炼出黄金和锡等。人们拆废，从电机中有时还能拆出白强磁，最贵的时候能卖到七八十块钱一斤。李清泉还拆出来过一种电线，外面的电线皮用火烧不着，皮剥不开，里面的铜丝就没法儿弄出来，把李清泉腻歪得够呛，这种线也没人要，就在场地旮旯里堆着。各拆废场地都能拆出这种电线，人们就给它起了个名字叫“二百度”。后来，南方人来收购，才把人们的一块儿心病给收去了。李清泉问“郑南方”买这些废物点心有嘛用，他只是笑笑，也没有回答。李清泉看得出来，“郑南方”年纪不大，但他脑瓜快，见识广，讲信用，是个可以深交的人。于是，李清泉和“郑南方”成了朋友，也经常在一起吃饭喝酒。

一次，李清泉在酒桌上好奇地问“郑南方”：“你们是怎么认识那么多稀有金属的，又是怎么学会提炼金银的？”

“郑南方”放下酒杯，哈哈笑着说：“你以为你们清河镇是最早拆废的吗？错了，最早在我们南方，在江浙沿海一带。咱们现在拉来的这些个废物，其实都是外国的破烂儿，按垃圾处理的。从前，他们这些破烂儿堆在那里，谁能帮他们清运走，他们就会出一笔清运费，就像现在县城里的小区，有人帮着运垃圾，在小区里住的人，每年都得交给人家一笔垃圾清运费。后来中国人从中发现了商机，就有人去国外把洋破烂儿运回国来，让人们拆解，国内有的是劳动力，国外的人们不屑于拆解这些。帮外国人把垃圾运走，赚了人家给的垃圾清运费，他们把这些洋破烂儿用船运到国内卖掉，又能赚一笔。”

李清泉插嘴说：“这就叫两头吃，这买卖可就赚大发了。”

“对啊，他们收的时候没有本钱，还赚了钱，除去运费都是赚的，在国内卖的也就比较便宜。再往后发展，更多的中国人都看中了这个买卖，都去抢着买，外国人见垃圾都被中国人抢着运走，而且来抢运的人越来越多，他们也就学聪明了，由原来的搭钱让人运垃圾，变成了谁想运走垃圾，得出钱买。这些洋破烂儿用船运送到了南方沿海地区，当地人就开始大量拆解，开始买进的价格比较便宜，拆出来的铜、铝、铁等金属都能卖个好价钱。人们见拆废赚钱这么容易，都一窝蜂地去买，当地立刻就出现了数不清的拆废村镇。

后来，拆废的人越来越多，每天拉来的废品也越来越多，人们都富裕了，负面问题也出现了——环境污染。即使没有烧线的污染，垃圾中也含有害物质，但当时人们根本就不懂，也顾不了那么多，只要是能赚钱就行，人们在发财路上疯狂奔跑起来。没有几年，环境污染的恶果就像一头怪兽，狠狠地咬了人们一口，许多人都得病了，而且是以呼吸道疾病和心脑血管疾病为主。当地政府再也坐不住了，就下令取缔了拆废行业。靠买卖洋破烂儿发财的老板们见沿海地区关闭了市场，就盯上了内地，运输废品的船由江浙一带转移到了渤海湾。在沿海地区刚刚被掐灭的拆废火焰，在华北平原上又被点着了，而且这一着就烧成了铺天盖地的大火。清河镇西面临近的几个县也都在拆废，而且他们干得更早。当然，这一把大火也是完全复制了江浙拆废的模式。”

李清泉打断了“郑南方”的话：“行了，后边的话，你不用说，我也知道了。等人们腰包装得满满的同时，也尝到了环境污染带来的恶果，但一切都晚了，清河镇就要走这条路了。”

“是啊，再过几年，这种危害会更突出。南方人在前些年拆废中摸索出来的经验，锻炼了他们的眼力，成了他们的资本。他们有不少人就追着这场大火也来到了华北平原，买贵重金属、稀有金属、电子元件等赚钱比较多的东西。刚开始，你们当地的老板不懂行，他们就能花很低的价买到想要的东西了。”

李清泉接茬儿说：“我明白了，你说的他们其实就是你们。

前些日子，我拆了一个大电机，从里面拆下来一个大个儿的燕尾，在场地里扔了很长时间也没人买，后来来了个南方人，在我场地里转了半天，买了一些电闸开关后，让我把那个大燕尾送给他，我一想这里边肯定有事。小时候，我就听爷爷讲过古董商人捡漏的笑话，他这是也想来我这捡漏啊。我虽然不识货，可我识人呢，一看就知道他想蒙我。他说要按照铁的价钱收走那个燕尾，我故意问，还能再涨点吗？他二话没说就涨了钱。我心里更有底了，这个燕尾就是个漏儿，他越涨钱，我越不卖。直到现在，那个燕尾还在场地里扔着呢，一会儿请你过去，给我掌掌眼。”

喝完了酒，“郑南方”跟着李清泉来到了场地，在墙根，他看到了那个巨大的燕尾，端详了一会儿，笑了：“李老板，你没卖就对了，你知道我那个同行为什么想要它吗？其实这上面有金子。你心可真大，这么贵重的东西扔在这儿，我估计就是它太沉了，要是轻，早就让懂行的顺走了。”

“是吗？我这可真是应了那句话了，‘捧着金饭碗要饭吃’。这样吧，老弟，你既然帮我认出了真货，你就把这个燕尾拉走吧，看看能提炼出多少金子，咱哥儿俩再谈价格，好不？”

南方人教给李清泉的知识，是花钱也学不来的。每次谈话，他都觉得自己胸口呼啦一下打开了一扇窗户，一下子明白了很多事，李清泉做起了爱问问题的小学生。

李清泉不放弃任何一个当小学生的机会，用他的话说，“我只吃鸡蛋不行，还得知道它是从哪来的，得明白盐打哪咸，醋打哪酸，这样才不至于是个糊涂蛋”。

李清泉说起了自己被骗的事，“郑南方”说：“我说说，你就明白是怎么回事了。刚开始拆废时，货里边值钱的不值钱的都是掺和在一起的，所以人们买回来拆，都能赚钱。可是后来一些聪明的中国人就直接去外国买货了，然后在当地租了场地，把这些废物分类，按照含铜量的高低，分成好几类，含量高的就多卖钱，再运回国内，人们的利润就越来越低了。从国外到国内，倒卖洋破烂儿的人不知有多少，等货卖到你们这些场地老板手中时，已经不知道经过多少人的转卖了，这些货的价格不知上涨多少了。即使这样，经过层层扒皮，开场地的人们开头还是有钱赚的，他们就把自己赚的钱和借来的钱，一次又一次地投入其中。中间的‘倒爷’一看场地老板们真有钱，这些钱越来越多地集中到自己的手中，他们就心动了。和他们来回倒卖废品从中赚点差价比起来，这些钱太多了，于是他们就动了歪心思。等到货款收到了几百万元，甚至几千万元时，干脆就玩儿起了失踪，带着巨款跑路，人间蒸发了，电话关机，重新买个假身份证，找个地方，天天去享乐了。也有的是被上家坑了，他的窟窿没法儿堵，正好场地老板们把钱转了过来，他们用这些钱堵了自己的窟窿，也没有本钱去进货了，只好跑路。”

李清泉叹了口气，说：“你知道款打飞了以后有多痛苦吗？那些一心做着发财梦的场地小老板们和借给他们钱的亲戚朋友们，因为款打飞了，有的就反目成仇老死不相往来了。有的人被逼得走投无路，去行凶杀人，也有的跳楼自尽，造成了社会动荡。”

“郑南方”接着说：“其实款打飞了，都是被中间的‘倒爷’敛走了，他们收了钱不给货，或者是根本就没货，空手套白狼。”

李清泉攥着拳头说：“说到底，还是中国人坑中国人，钱并没有被外国人赚走。人家外国人由搭钱运垃圾到卖钱，心里已经乐开花了。场地老板们的款要是接连打飞两三次就破产了。其实最受伤害的还是那些整天出大力、流大汗的工人，他们大多是从四川、河南、东北来的，离乡背井，干活累，还舍不得吃喝，挣点钱就寄回老家。有的场地老板款被骗走了，就不给工人开工资，工人们就白干了。”

李清泉在“郑南方”那学会了许多，开阔了眼界。

第十二章

李清泉勤快，能吃苦，热心肠，谁有了难事也爱跟他唠叨，让他给拿主意。有时，人们对他的脾气却拿不准。俗话说，一样话百样说，他说话却能噎死人。他卖货都是一口价，有人说他“一根筋”，李清泉听了，也不生气，倒是笑着说：“我的货货真价实，要的价已经给买主留下利润空间了，他们卖完，肯定能赚钱。要是买完后还没来得及出手，价钱就落下来了，我也没有办法。”

这天，李清泉又犯了“一根筋”，是怎么犯的“一根筋”呢？

李清泉这几天又拉来几个集装箱的货，刚一卸车，一群人就围上来挑选自己中意的货，谈好了价钱，就直接拉走了。刘二群赶了五十多里的路到了这里，见到一个集装箱中有几大盘电缆，就找到李清泉，指着电缆说自己要了。

李清泉看了看这些电缆说：“这些出铜多，每吨七千五百块钱。”

刘二群说："别价呀，你李老板财大气粗，就别跟我这么抠搜了，便宜点吧。"

李清泉脖子一梗说："我哪有你说的那么打腰啊，你拉了我的货，一转手就赚钱，七千五，一口价，已经给你让利了。你不要，我就给别人，给谁都是这个价，保准货真价实。"

"行，那就留着吧，过一宿，就能下小崽儿了。"

刘二群说完，抬脚就要走。李清泉一把拉住了他，"打住，二群。"

"怎么，还不让走啊？我不买了还不行吗？你还想强买强卖吗？"

"打住，你说我留你干吗？"

"干吗？你还想留我吃饭啊？"

"还真让你说对了，我就是想请你吃顿饭。"

"你是说着玩儿啊，还是真想请我呀？"

"你看，快十二点了，我就是想请你吃顿饭。几十里地跑来了，到饭点了，让你不光空着车回去，还空着肚子回去可不行。买卖不成仁义在，这个客，今儿个我请定了。"

说着就拉着刘二群去了饭店，点了一桌子菜。送走了刘二群，爱敲铲子的人们围住了李清泉说："老李可真有钱啊，光请客就花了几百块钱，这回出毒了？要不怎么知道你钱包里的钱老往上拱呢。"

李清泉难得笑了："你们这小铲子敲得咣咣山响啊，我花了钱，心里就踏实了，交朋友就得这样，别看花点钱，交下个朋友也值了。”

郭长武买了一车铜棒拉走了，可下午又开着车把铜棒送了回来。李清泉问怎么了，郭长武从车上拿出一根铜棒，举到李清泉面前说：“李老板，你自己看吧，我也不知道怎么了。”

李清泉接过来一看，铜棒已经从中间被截开了，原来外面只是一层铜皮，里面是空心的，却灌满了水泥。

李清泉咧了咧嘴说：“抱歉，长武。没事，这货你要是不想要了，就退给我，钱我退给你；你要是想要，我给你包赔损失。不过我还真得找寻找寻，到底是哪出了问题，整集装箱来的，这是提前让人给做了手脚了。”

“李老板，这货我就不要了，再买点别的吧。”

“好，随便看看，中意哪个就要哪个，价格上给你让一个点，算是补偿你。我还真得谢谢你，因为你帮我查出了货里的猫腻。”

从此以后，李清泉做买卖公平公正的名声就传得更远了，来他这里买货卖货的人也就越来越多了。

李清泉从小吃惯了苦，挨饿饿怕了，吃饭时掉在桌子上的饭粒儿、馒头渣儿也得捡起来放进嘴里。为此，老伴儿总说，你在家里这样，没人笑话，你要在外边可别这样。

李清泉说：“外边的饭粒儿掉在桌子上会变成毒药吗？怎么不能吃？”

在饭店里，他还是照样捡起自己掉的饭粒儿，重新夹起掉在桌子上的菜。他说，该省的就得省，该花的就得花，我就是一个庄稼人，就是不能糟蹋粮食，我不糟蹋粮食，还怕别人笑话啊。他对自己的穿着也不讲究，他说，衣裳不就是为了遮遮身子的吗？只要不露肉就行了。

李清泉的抠是刻在骨子里的，但他只对自己抠。从小吃的苦，让他看不惯年轻人动不动就要扔东西，又没坏，就留着吧，说不定哪天就用上了，扔了再想用，又得去买新的了。

他有两身蓝色的中山装，就这两身衣服，来回倒换着穿，都已经洗得发白了，也舍不得扔。李清泉穿的袜子看着挺好，可是只要脱下鞋来，就会看到前面露脚指头，后面露脚后跟，老人们把这叫作“前头卖鲜姜，后头卖鸭蛋”。尽管他用针线把破洞缝上了，可是穿不了几天，就会在旁边又磨出另一个洞来，袜子上大洞缝上，小洞又露出来，李清泉就不遗余力地去封堵。老伴儿看不过去了，就偷偷地把他的破袜子扔了，只要李清泉看见，就又会捡回来缝缝补补，接着穿。

李清泉已经习惯了吃苦，对那些帮助过自己的人，他就格外在乎。这天，忙完了手头的活，忽然想起有些日子没有王德顺的音信了，上回他给王德顺打过电话，让他来办小额贷款，也没见他回电话，后来又打了两次，也没人接。李清泉以为王德顺忙，就没有再打，让三虎问牛子，三虎说牛子跟王德顺出门了，可能是去买货了。李清泉也没在意，不承想，却突然传来了王德顺的坏消息。

一大早，李清泉突然接到三虎的电话，“清泉哥，不好了，出事了，你快去德顺哥家吧。”

李清泉一愣，问：“怎么了？”

“听说德顺哥两口子都死了。”

“怎么死的？”

“不知道。”

“哎呀，德顺哥，你怎么走上了这一步啊？有嘛想不开的！”

李清泉立即开车来到了许家铺，离老远，就看见王德顺家门口进进出出的人很多，走进院子，发现院子南边的地上还苫着一个床单，床单底下鼓鼓囊囊的，看不出是什么。李清泉喊着“德顺哥，德顺哥”，哭着走进了屋子。进了东屋，看见王德顺躺在炕上，脸色铁青，双眼紧闭，人们正七手八脚地给王德顺换一身新衣服。

李清泉一下子跪在地上，放声大哭：“德顺哥，我来晚了，你这是为嘛？我不是跟你说好了吗，有难处找兄弟吗！”

旁边的人拉起李清泉，说：“先别哭，打点好了再哭，不能把眼泪滴在他身上。”

李清泉强止住了哭声，站起来说：“嫂子呢？”

“在西屋穿衣裳了。”

李清泉一看，王德顺的脖子上有一道紫色的勒痕。他又哭了：“德顺哥啊，你有心事也不跟我说，你又把我当外人了。你救过我的命，我就是你的亲兄弟啊！”

人们又拉起李清泉，让他帮着给王德顺穿衣服。一个人拿着推子走进屋，李清泉接过来，说：“我来吧。”

王德顺的胡子有半寸多长，乱蓬蓬的头发已经花白了，像棒子上干枯的花花线。李清泉一边细心地推头，一边问旁边的人，是什么时候发现王德顺出事的。

“今天上午他儿子从学校回来，叫门叫不开，就从邻居家搬来梯子，跳进去一看，才知道爸妈都出事了。”

李清泉不再问，细心地给王德顺推完了头，又找来刮胡刀，细致地给王德顺刮净了胡子，之后端来热水为他洗头、洗脸，洗一遍，打上肥皂，再用清水冲干净，正拿来毛巾轻轻地擦着，背后传来声音：“清泉哥，你来了。”

李清泉一回头，见是牛子，李清泉点了点头，说：“牛子，你等一会儿，我有事找你。”

说完继续用毛巾慢慢地给王德顺擦脸、擦手。人们已经在外间屋搭好了两个灵床，李清泉又帮着大伙儿把王德顺两口子抬到了灵床上。李清泉碰了一下牛子，牛子跟他来到了大街上，二人找了一个僻静的地方。李清泉问：“究竟是怎么回事？德顺哥为嘛走到这一步的？你始终跟着德顺哥，你细说说。”

“上回清泉哥你走后，我就跟德顺哥说，‘咱先别进货了，把场地的东西都清理干净了，咱也先去给别人打工，缓一缓，凑点钱再进货。’德顺哥说，‘我考虑考虑，明天早晨给你回话。’第二天天刚亮，德顺哥就来喊我，说，‘我考虑了一宿，决定还是去找那个骗子白长山，找不到他，我这口气咽不下去，也会给憋死。我现在已经没有心思干活了，如果听我的，咱再凑点钱，明天，开大发，咱们几个找他去。’我们几个人商量了一下，就同意了德顺哥的意见。”

几个人先是开车去了东北，打听到了白长山的家，敲门，屋里没人，等了好几天也没有人出来。他们不死心，又分头在街头打听，又过了十几天，他们终于打听到了这个骗子小舅子的住处。来到他们家，苦苦地求他，让他带着他们几个去找白长山，他小舅子说："我真不知道白长山去哪了，他们两口子有一年多没回来了，也没有打过电话。"

王德顺说："那行，你不领我们去，我们就住下，反正我们出去也没有钱吃饭，也没有钱住店。"于是当天就住下了。

第二天，白长山的小舅子就报了警。警察来了，王德顺说："我们的一百多万块钱被白长山骗走了，找不着他，我们几家的日子也没法儿过了。"

警察说："你们去找白长山是对的，住在他小舅子家里有用吗？这是侵犯人家的权利。"

没办法，王德顺几个人只得出门，他们刚出门，门哐的一声就被关死了。几个人在大街上转了半天，也想不出别的办法，又不甘心空手回家，王德顺就让牛子领着俩人在白长山小舅子家门口盯着，看他什么时候出来，告诉大伙儿。等到第四天，白长山小舅子憋不住了，出来买菜，王德顺几个人就等他到了僻静的地方把他控制住，让他坐上了大发，把车开到了白长山小舅子家，叫开门，把白长山小舅子媳妇也捆上了。到了晚上，王德顺他们给俩人的嘴上粘了胶带，捆住手脚，塞进了大发里，直接拉回了许家铺。

"把俩人关在德顺哥家里，可是俩人还是说不知道白长山的住处和电话，德顺哥就让我们几个轮流看着他们。过了十几天还是没有结果，德顺哥又和我们商量说，‘关俩人也没用，不行就把女的放走，她姐夫诓咱，咱让她去找钱来赎人。不然，咱借了这么多钱，拿什么还给人家？往后我还有脸见人吗？’大家都说只能这样了，就把女的放走了。临走之前给她写了德顺哥的地址和电话，同时让她写了保证书，二十天之内找不来钱赎人，就把她男人弄死，女人吓得变颜变色，像兔子一样跑了。到昨天就是放走那女人的第二十一天了，打电话她也不接，也没有回来，更别说送钱了。把俩人弄来后的这十几天，我们都轮流看着他们，要不来钱，每天还得伺候他们，还要做饭，端吃端喝，端屎端尿，大家也都有点腻歪了。昨天晚上，德顺哥说，‘那女的不回来，我也就死心了。今天晚上你们都回去睡个好觉，我和你嫂子看着他就行了，捆着手脚，他也跑不了。你们就别管了，明天再过来换班。’我说我留下，让别人走，德顺哥说，‘谁也不用，你们都走。’德顺哥就把我赶走了。今儿个我才想明白了，实际上，昨天晚上德顺哥就已经下定了决心不想活了，为了不连累别人，他才把我们都赶走了。今天我来时，德顺哥两口子已经在屋里上吊了，白长山的小舅子死在院子里，鼻子和嘴粘着胶带，活活憋死的。”

李清泉一边听一边流着眼泪，说：“牛子，咱德顺哥疼你，也救过我的命，是咱们的好大哥。他死得委屈，咱们就得把他们两口子的丧事办得风风光光的，咱俩负责操办，一切费用我来出。”

牛子点了点头，“清泉哥，你放心，我一定办好。”说着又从口袋里掏出一张纸交给李清泉。

李清泉在王德顺家待了四天，白天操持丧事，晚上就和王德顺的儿子志涛一起给王德顺守灵，直到把王德顺两口子的棺材送入了墓地，埋好了坟头，第三天圆坟后，他才松了一口气。李清泉对志涛说：“孩子，你爸爸救过我的命，我们就是亲兄弟，你千万别把我当外人，你的生活费和学费都由我出。这个家你就别回来了，周六周日或放假你就到我们家去住，你别嫌我们家乱就行，咱现在就去，好吗？”

志涛点了点头，哭了：“谢谢叔叔。”

李清泉老伴儿找出新被褥给孩子铺好，李清泉看着孩子钻进被窝，坐在了他旁边。孩子终于传出了均匀的呼吸声，他太累了，小小年纪就经历了这么大的事，李清泉真担心会把孩子压垮。他就一直坐在床前陪着，不错眼珠地看着孩子。看着孩子在梦中还抽搭着哭泣，他又流下了眼泪。

已经十二点多了，李清泉还睡不着，就琢磨王德顺死得值不值得。

他这才想起牛子给他的那张纸条，掏出来，打开一看，是德顺哥亲笔写的：“各位亲戚朋友，对不起了，借你们的钱，我这辈子还不了了。钱被骗子白长山都骗走了，我追了他几个月，也没要回来一分钱。你们的恩情，我这辈子报不了，只能下辈子再还了。王德顺。”

李清泉看完了纸条，又掉下眼泪。他想，德顺哥临死前，只为别人着想，他是要脸儿要面儿的人，觉得对不起大家，他和嫂子只能一死了之了。本来该死的应该是那个骗子，应该让他不得好死才对。德顺哥不会像那些憨皮赖脸的人，看着别人的白眼窝心地活着，他是条汉子，堂堂正正的汉子。可是，什么时候才能把那些该死的骗子都抓起来，千刀万剐，给德顺哥出气呢？他想不出答案。

李清泉想得实在太累了，迷迷糊糊地睡着了。还不知道明天场地里会发生什么事，要等着他去处理。

第十三章

李清泉的场地有许多打工的来干活，他听说了别的场地出工伤的事，又看到剥线机上电机带着皮带轮和齿轮飞速旋转有很大的风险，就和会计商量，想给工人们上集体意外保险。他又听说了“蔫坏损”场地里的两件事，对他触动很大，才下定决心，说这钱应该花，还必须得花。

“蔫坏损”凭着转轴儿多，他的拆废生意也逐渐干大了，一来货就是几个集装箱。到他这儿来干活的人不少，无论是本地人还是外地人，只要是第一天来到这里干活的，“蔫坏损”就让他签一份“生死状”，白纸黑字写着：在此工作期间，发生的一切伤残或死亡，都与公司和老板无关，都由工人自行负责。为了能挣个辛苦钱，人们只好在心里祈祷，保佑自己别出事故，只能咬着牙签上字，可是哪有马勺不碰锅沿的呢？

河南人耿二虎自己买了割线机器，在“蔫坏损”这儿干了几个月，一切都还顺利。这天，他正往机器里续电线，电线皮有裂开的，露出了里面的铜丝，铜丝一下子勾在了他的手套上，而且电线下端还挽成了一个套，套住了他的手指头。他丝毫没有意识到，危险正向他一步步逼近。机器还在飞速旋转着，拽着电线连同他的手套飞快地带进了机器里，他感到了手疼后，使劲儿往后抽，可是已经来不及了，“哎哟”，他大叫了一声，机器里的鲜血已经滴下来了。旁边的人立刻冲过来拉下了电闸，但已经晚了。耿二虎的手被从机器里抽出来时，已经血肉模糊，立刻被哥哥送去了医院。

最后做了手术，耿二虎被截去了三个手指头的第一个关节。耿二虎住院后，他二哥耿二彪找到了“蔫坏损”，希望公司能负担医疗费，不料被一口回绝。“蔫坏损”还拿出了“生死状”晃着，耿二彪实在没有办法了，就哀求着说，先在公司借点钱交上医疗费和手术费，结果还是一分钱也没有借到。

耿二虎还不算最惨的，他虽然少了三截手指头，但毕竟还能出大力干活，养活自己，养活家人。

连出大力干活的机会都没有了，这是夏二做梦也没想到的。

夏二父母都有慢性病，常年吃药，两个孩子正在上学。那天，他和妻子要外出打工，天还没亮，两个孩子把他俩送到了村外，抹着眼泪说：“爸爸妈妈，你们什么时候回来呀？”

他们抱着两个孩子，强忍着没让眼泪掉下来，他说：“过年时一定回来，回来时给你们捎天津大麻花，好不好？”说完俩人转过身，头也不回地往前走，怕孩子们见到自己脸上控制不住流下来的眼泪。

到了河湾村，他和妻子租了一间小屋。说它小，是因为屋子放下一张用凳子搭成的床后，就转不过身来了，门窗也很小，即使白天屋里也是昏黑的。小屋虽然小点，但房租便宜。可住了没几天，俩人就觉得有些不对劲儿。每天拖着疲惫的身子带着满身的尘土收工回来，一推开那间小屋的门，就有一股臭烘烘的味道，晚上睡着了倒不觉得怎么样。担心有老鼠吃了老鼠药，跑到屋里死掉了，他们把屋里每个角落都找了个遍，结果什么也没有找到，无奈他们只好去问房东。

房东说："屋里没有什么呀，只是有点味儿，多开开窗户放放风就行了。房租这么便宜的房，你们去哪也找不到啊。"

确实，现在村里闲了几十年的土坯房都住上人了，可每天来村里租房的人还是接连不断。可是，即使白天开着窗户，俩人干活回来推开屋门，还是觉得有味儿。

这天，干活时他们还想着这事，就跟老板说起了他们遇到的怪事。"蔫坏损"听了，差点笑岔了气，那两只金鱼眼都眯成了一条缝。等他笑够了，才对着丈二和尚摸不着头脑的夏二说："你们租的那间小屋，知道为嘛这么便宜，又这么臭吗？实底告诉你们吧，那原来是傻柱子家的猪圈，拆了顶子，长高了点墙，又安上了门窗。你想想那养了十几年猪了，那味儿都渗到每块儿砖里去，渗到地底下去了，哪能这么轻易就去掉。"

夏二一听却释然了，知道是猪圈，他倒把心放进了肚子里。这臭味儿只要不是来自死狗、死猫，甚至死人就行了，只要房租便宜就行，臭就臭点吧。仗着在外边干活，整天都不回来，只是晚上回来睡一觉。

“蔫坏损”又接着说：“夏二，你手脚麻利点，你要是老磨蹭，可就耽误我的活了。这一堆卖不出去，下一批拉来的货往哪卸呀？”

“行，老板，我抓紧干，中午不休息了。”

中午他和媳妇在小摊上吃了两碗拉面后，就又回到场地干起来。往常俩人吃完饭后都会找个树荫凉眯瞪一阵儿，既然老板催促，俩人都不睡了，夏二继续抡起大号铁锤砸大电机的外壳，媳妇拆里面的铜线。叮叮当当砸了几十下，汗水就流下来把夏二眼睛杀得睁不开了，可旁边树上的蝉还在吱啦吱啦烦人地叫着。他用袖子擦了一把汗，继续抡大锤，直到工人们都回来干活了，俩人也没歇会儿。同乡们还提醒他俩悠着点干，别中了暑，夏二没说话，只是抬起头摆了摆手，就又埋头抡起大锤来。突然咔嚓一声，大锤的木头柄折了，锤头带着半截木把飞了起来，不偏不倚，正好冲着夏二裤裆飞了过来，“啊——”夏二大叫一声，扔了手里的半截木把，往后倒了下去。

夏二媳妇吓了一跳，连忙跑过来想扶起他，嘴里喊着，“她爹，她爹”！

只见夏二的脸变成了猪肝色，两手抱着命根子痛苦地扭动翻滚着。正在拆废的人们一看出事了，全都围了过来。“蔫坏损”听见人们嚷嚷也跟了过来。

“老板，老板，你行行好，快把俺当家的送医院去吧。”夏二媳妇一边抱着丈夫，一边哀求着，“老板，求求你，你的车快，用你的车把他送去医院行不行？老天爷保佑，千万别出什么事啊。”

“那不行，要是老天爷没保佑好，在我车上出了事，我的车往后还怎么开呀？”

几个同乡只好向别人借了一辆三马车，把夏二往车上搭的时候，他已经不喊叫，也不挣扎了，就这么一动也不动了。到了医院，大夫翻开夏二的眼皮看了看，又听了听心脏，无奈地说，你们还是拉回去吧，人已经不行了。

夏二媳妇哇的一声大哭起来，跪在地上拉着大夫的裤腿哀求，“大夫，你行行好，救救他吧。我们上有老，下有小，可不能没有他呀！”

大夫被逼得没有办法，只好说：“我们真的没有办法了，要不你们就转院吧。”

在众人的劝说下，夏二媳妇只好又把丈夫拉回来，放在了那间小出租屋里。她又去哀求“蔫坏损”，“老板，我和夏二在你这儿也干了这么长时间了，我们也给你出力了，你就这么眼睁睁地看着他死了，能不管吗？你就拿点钱给他办办丧事吧。”

“蔫坏损”走进屋里，出来时手里没有拿钱，却又拿出来那张“生死状”，向夏二媳妇晃了晃。夏二媳妇没有办法，又央求同乡去找老板说说，结果“蔫坏损”还是铁公鸡——一毛不拔。他们就报了警，警察找到了“蔫坏损”，他没咒念了，只好找人调解，出钱给夏二办了丧事，又给了夏二媳妇两万块钱。夏二媳妇捧着丈夫的骨灰盒，一个人坐在那间臭烘烘的小屋里，无声地流着泪。俩人来的时候还说，今年过年要早回家几天，不想现在只能自己回去，丈夫已经没了，变成了她手中盒子里的一把骨灰。她不知道回家后，怎么向公婆和两个孩子解释。

李清泉听说了这两件事后，心里很不好受。一个活蹦乱跳的大活人就这样说没就没了，他的家人怎么能接受呢？给多少钱也买不回一条命啊！他就给工人们开会，反复强调要注意安全，还给每个割线的机器旁边都装上了一个安全开关。

夏二媳妇还在场地干活，只是经常走神，变得心不在焉的，“蔫坏损”怕她再出事，就把她辞退了。夏二媳妇两眼无神，头发蓬乱，抱着一个用红布包着的长方形盒子向远方走去，李清泉正好和她走了个对面，看见了她那无助而散乱的眼神，李清泉身上起了鸡皮疙瘩。夏二媳妇走远了，渐渐变成一个小黑点。

李清泉又进了一批集装箱，卸车后，董兴邦就找到了他，“李老板，这些电机还是我用气割枪割开拆吧。”

见李清泉点头了，他就把气割枪、氧气瓶等从自己的三轮车上卸下来，开始干活。他先轻车熟路地把那些小电机割完了，又奔着几个大电机走过去。大电机的壳很厚，气割枪割了一会儿还没有割透，他也有点上火，就把气压调得稍微大了点，气割枪喷出的火焰发出呼呼声，他静下心来继续切割。突然砰的一声巨响，只看见一个大火球从电机里蹿出来，直奔自己，之后董兴邦就什么也不知道了。

等他再睁开眼时，已经在医院里了，妻子见他醒了，连忙擦去了脸上的眼泪，说：“你可醒过来了。”

不一会儿，李清泉走了进来。

“李老板，我这是怎么回事啊?”董兴邦疑惑地问。

“兴邦啊，你别激动，醒过来就好，这真是意外，听我慢慢说。你切割的那个大电机也不知怎么回事，割透了就爆炸了，以前大电机咱也拆过不少，始终没有遇到过这种情况。不过你放心，所有治疗费用我来拿，你放心。”

董兴邦听了没说话，先摸头再摸胳膊，摸到腿时，手停住了。他摸到了自己膝盖上缠着的纱布，再往下摸，先是一愣，接着眉头拧成了一个疙瘩，然后哭了，大喊起来：“我的腿呢？！我的腿呢？！”他的右腿膝盖以下被截肢了。

李清泉连忙安慰他：“兴邦，你冷静一下，你虽然落下了残疾，但你放心，我不会不管。只要我的公司还在，你就永远是我的员工，我按月给你开工资。”

几个月后，董兴邦出院了，李清泉找了假肢厂，给董兴邦做了一个假肢。从此，董兴邦就成了李清泉公司的保安。

一天，李清泉和俩儿子聊起了董兴邦的事，觉得自己给工人上保险这一步棋算是走对了。李清泉说：“虽然我打款被人骗过，但是我还是相信‘君子爱财，取之有道’这句话，还相信‘种瓜得瓜，种豆得豆’。属于你的，你尽心尽力地实干，就能挣回来，靠投机取巧只能糊弄当时，得点小利。好事不出门，坏事传千里，要是一个人的坏名声传到外面去了，一辈子也就翻不过身来了。”

李恩众说：“是啊，咱靠实打实的，闫怀顺就心眼多，总能在货上做文章。”

李清泉说："咱不学那个，有那个工夫，还不如多拉来几箱货。千万别大道上洒香油，小道上捡芝麻粒，记住要往远处看，往大处看。"

俩儿子听了都点头。

人们看了"蔫坏损"造的假货，才发现送他"造假王"这个外号是多么恰当，这个名字好像是给他量身定做的一样。"造假王"成了闫怀顺继"蔫坏损""鬼难拿"之后的第三个响亮的外号。

第十四章

“蔫坏损”的精明都用在了造假上。他让工人们把电线上贴着成分含量的标签撕掉，加上几个点再卖。还让自己的亲戚把含铜量高的铜板卷成筒状，往中间塞入含点铜的杂料，做完假后，杂料摇身一变就都变成了铜，谁买走谁上当。因此在他这儿拉货的人不但赚不到钱，大多数还得赔钱。

“蔫坏损”卖了几堆灰，赚了点钱，尝到了甜头，就又想歪点子了，烧完线后，他让亲戚们把一堆堆的细沙土和锌灰掺进了烧线灰里。安新人在他这儿拉了两车灰，价格还挺便宜，就高高兴兴回去冶炼，结果却让他们咧了嘴，这回没有提炼出多少铜，反而清理出了许多土和锌。他们不甘心吃哑巴亏，就在当地成立了一个组织，互通信息。后来又有好几个人也说买了“蔫坏损”的货赔钱了。

这件事一传十，十传百，人们都知道了“蔫坏损”的大名和他场地的具体位置。从此，安新人再来买灰时，转遍了所有的场地，路过“蔫坏损”的场地门口时，没有一个人走进去。

其他场地的烧线灰都被买走了，可是“蔫坏损”两个场地里的烧线灰却越堆越多，堆成了两座山。他不敢把掺假的真相告诉别人，可是安新人早就都给他宣传出去了。人们都说“蔫坏损”这回算盘珠子拨拉错了，损人不成，害了自己。现在即使他不掺假，也没人买他的灰了。

“蔫坏损”买的货里有一批铜管，他望着这些铜管，又琢磨起来，终于拍了一下自己的脑袋，走出场地。他先让人按照铜管的尺寸加工了一批圆铜片做堵头，在铜管的一端砸入一个，再把铅化成铅水，从铜管的另一端灌进去，灌满后，再在这端把铜片堵头也砸进去。当所有的铜管全都灌满了铅水后，再把这些铜管拉进车间，固定在车床上，把两端的铜片堵头加工出花纹。空心的铜管华丽变身成了“实心”的铜棒，铅也就卖出了铜的价格。你不买，还会有别人来买，最后这些灌了铅的铜管落到谁的手里，谁就只能自认倒霉了。

他还买过一批铝线，把铝线两端的线头剪掉，只留下塑料皮，再把准备好的铜线头插到铝线两端，铝线就变成了铜线，当然也就是按铜线的价格卖出去。“蔫坏损”造假很快就被发现了，有的货虽然倒了几次手，但顺藤摸瓜，很快就知道是“蔫坏损”干的了。

人们教育子女的方式各不相同，其实父母的做法对孩子影响更大。“蔫坏损”和李清泉不同，他精于算计，给儿子树立了“好榜样”。他手把手地教儿子，他儿子的水平甚至超过了他。

“蔫坏损”的儿子闫新东又新建了一个粉碎废塑料的车间，

各种塑料瓶子都有，有的是盛农药的，有的是盛各种化工产品的，用水把这些瓶子清洗后，再放入机器中粉碎成颗粒出售，利润很高。但是清洗废塑料的废水里就含有了各种毒素，他却把这些水直接排到了村边的沟里，沟里的鱼虾当天都死光了，不久沟里就臭气熏天，甚至连生命力最强的芦苇都枯黄死去了。村里人更是被熏得头昏眼花，很多人一闻到这个味儿就咳嗽不止，可人们又无处可藏，无法躲避。

于是就有人实名举报了闫新东，工商局和环保局的人赶来，给闫新东的塑料粉碎车间贴上了封条，责令他限期整改。不得已，闫新东从他爸那些穿在肋条骨上的钱里卸下来一些，花了几十万块钱买了一套污水净化设备。上级来检查时，他就开动净化设备；没人来检查，他就用自己制作的土设备来解决问题，把管道直接深深地插入地里，通过机器把废水压入地下。地下水很快就被污染了，人们喝的自来水里就有了一股怪怪的味道，可是闫新东还是照排不误。他自己却从来不喝自来水，都是开车到县里或市里直接拉来大桶的矿泉水，只是苦了当地的那些老百姓，只能喝带味儿的自来水。

李清泉听说了“蔫坏损”造假的事，心里觉得都在一个村住着，他的名声不好了，也会影响到河湾村的声誉，就想劝劝他。一次，在“蔫坏损”的场地附近遇见了他，李清泉就说：“怀顺呢，最近买卖怎么样啊?”

“蔫坏损”一晃脑袋，说：“挺好的。”

李清泉只好说：“你往后再办事，多考虑考虑，得想得远点，想想将来，想想咱们村。”

“李老板，不是我说你，你怎么还关心起我来了？想看我的笑话吗？告诉你，别闲吃萝卜淡操心，管好你自己的场地和工人吧，别老为别人操心了。”

李清泉没说话，他想，闫怀顺话里有话呀，我的工人怎么了？他也听别人说过一些工人从场地往外偷东西的事，他还不相信是真的。听了“蔫坏损”的话，他还真注意起自己场地的工人了。

不注意不要紧，一注意还真发现了问题。

谁也想不到，那些雇来的拆废工人，竟然跟厂主玩儿猫腻，而且是花样百出。这天，李清泉在场地里转了两圈，看着工人们正热火朝天地忙碌着，又抬头看看，太阳已经快到正南了，工人们中午要下班了，他就来到了场地大门口，只见门卫正在逐个检查离场的工人。他看见一个小伙子拿着一个布兜往外走，布兜被坠得紧绷绷的，他走过去，拦住了小伙子，“你兜子里是嘛东西？”

“饭、饭盒。”

“拿出来看看。”

“饭盒有嘛好看的。”

“让你拿，你就拿出来，没事更好。”

小伙子不情愿地把布兜放在地上，双手从里面捧出来一个饭盒。

“打开呀。”

一打开饭盒盖，里面还真是米饭。另一个也拿出来了，两个饭盒里都是米饭。李清泉一伸手，“放在我手上。”

小伙子手有点哆嗦，把饭盒放在李清泉手上。李清泉的手突然往下一坠，好沉，赶紧绷紧了劲儿，饭盒才没有掉到地上。李清泉从地上捡起一截铁丝，把米饭一扒拉，才发现上面只有薄薄的一层米饭，下面都是被剪成一截一截的紫铜板，把两个饭盒里的铜板都倒出了，称了一下有五斤多。小伙子一看露馅儿了，就耷拉下脑袋。他被带到了屋里，按照规定罚款并登记。李清泉告诉他今后永远别到场地来干活了。

下午收工时，天已经黑了，一个妇女提着一个拆开的遮阳伞走过来，保安拦住了检查，把折叠的大伞打开，看看没有什么，正要放行，李清泉一挥手，“等会儿。”

他从妇女手中拿过伞柄，往铁管里一望，只见里面塞满了粗粗的铜电缆线，磕打出来一掂量，有五六斤。李清泉说：“你胆儿够肥的，挣我的工资，还偷我的东西，你偷的东西比工资还要高吧？”

一天傍晚，保安拿着金属探测仪正在检查一个二十多岁的小伙子，查到鞋子时，金属探测仪突然发出吱吱的警报声，李清泉就让小伙子把鞋脱下来。他不脱，最后拗不过把鞋脱下来一看，两只鞋底下面都粘着剪断的铜条，于是小伙子和他媳妇就被留下了。要罚款，小伙子说没带钱，李清泉就把小伙子媳妇放了回去，让她去找钱，结果他媳妇始终也没有回来。晚上十一点多了，小伙子说要去上厕所，第一次去了，过了一会儿就回来了，到了两点多钟，他又要去厕所，结果这次去了就再也没回来。等李清泉去找时，发现他已经跳出栅栏跑了。

李清泉这才明白过来，原来这个小伙子第一次说去厕所其实就是去探路的，为逃跑做准备。看来这两口子不知已经偷过多少回了，应该属于作案老手了。李清泉又陆续发现和听说了各种偷盗手段，可谓五花八门。有的在剪钢筋的大钳子把手里塞入铜线，有的给三马车的车斗做一个夹层，在里面偷偷塞满铜线，让人防不胜防。

李清泉想，与其天天防贼，不如提前打好预防针。来了新工人，他先给工人讲场地的规定，不许往外夹带东西，要是发现了，数量少的双倍赔偿，多的就交派出所处理。他还经常和工人们聊天，了解每个工人的家庭状况，如果有需要帮助的就尽量帮忙。这样，经过优胜劣汰，他的场地有了一批固定的人员，这些人干活效率高，同时又守规矩。

这天，李清泉去办事，又经过“蔫坏损”的场地，“蔫坏损”正从场地出来。

李清泉就说：“怀顺呢，你上回提醒我注意工人，你猜怎么着，一查就查出来好几个往外携带铜的。”

“蔫坏损”说：“我说得没错吧？防人之心不可无，知人知面不知心。”

李清泉走远了，“蔫坏损”推起放在场地外面的自行车，抬腿骑上去，蹬了两下，又下来了，一捏后轱辘瘪了。他望了望李清泉走远的背影，恨恨地说：“好个老抠，上回我说了你一句

‘咸吃萝卜淡操心’，你还记仇啊。今儿个你偷着给我的自行车胎扎了，正赶上我出来，你还上来没话找话。行，李清泉，我跟你没完，你等着。”

“蔫坏损”是说到做到的，他又开始冒坏水了。

第十五章

李清泉也没想到，自己已经钻进了“蔫坏损”设下的圈套里。

他正在场地的仓库里修理割线工具，突然一声大喊从外面传进来，“李清泉，你个老流氓，你给我出来，我跟你没完！”

李清泉不知道发生了什么事，就走了出来。只见胡三和手里提着根棍子闯进场地，边走边嚷，看见李清泉出来，就用棍子指着他嚷嚷。李清泉看见胡三和满脸通红，额头上青筋鼓鼓着，火苗都烧到了脑门子上，他反倒冷静下来，迎着胡三和慢慢走过去。

李清泉不知道的是，这其实是“蔫坏损”精心设计出来的一出戏。

这个胡三和三十多岁，从小就不服管，让他向东他偏向西。他爸早年做鞭炮时出了事故，被炸得碎成了几十块儿，全村人都帮着去捡，没了管束的胡三和，更像是一匹脱缰的野驴，到处横冲直撞，把他娘气得半身不遂了，才收敛了许多。看到别人都拆废，他也向亲戚们借了点钱，在各个场地转悠着收铜，再卖到铜厂赚个差价，几年下来，也有了点积蓄。可就是一样让他闹心，三十多岁了，还是光棍儿一条，也有亲戚给他说过媒，女方上门看到他瘫在炕上的娘和三间破破烂烂的房子，扭头就走，再也没有下文了。后来村里的二旺得了急病过世了，二旺媳妇刘巧花，别看孩子都五六岁了，可生得面皮粉嫩，还有一双忽闪忽闪的大眼睛，让人过目难忘。胡三和就主动靠近刘巧花，给她买这买那，刘巧花也不拒绝，只是一点便宜也没让胡三和占到，这样反倒把胡三和的胃口越吊越高。胡三和跟别人喝酒时曾说过，“我这辈子，非刘巧花不娶”。

这天，胡三和来到“蔫坏损”的场地买铜，看上了一堆紫铜棒，谈好了价钱，“蔫坏损”再三用话咬对他：“货你可看好了，咱也没有打秃子蒙瞎子，看好了再买，一出大院，有了问题，我可概不负责。”

胡三和又抓起一根铜棒，看看截茬上的紫铜花纹，心里说，我倒腾铜好几年了，这就是紫铜，还有假吗？他就说：“行了，过磅吧。”

他拉着三千多斤的铜棒来到了铜厂，过完了分量后，收铜的说得检验一下，他说：“你随便检验，这还能有假吗？”

“没有假，我的炉里怎么会一天就炼出好几百斤铅呢？”

铜厂的人从车上抽出一根铜棒，当场用电砂轮切割起来，切完了，人家也不说话，直接把两截铜棒往他跟前一举。胡三和一看傻眼了，被截开的哪是铜棒啊，是铜管中间被灌了铅。

胡三和一个字也说不出来了，开着车又回到了“蔫坏损”的场地。

“蔫坏损”一看胡三和回来，就知道是嘛事了，挺着胸脯，拔着脖子迎了上来。

“‘蔫坏损’，你他妈的还是人吗？坑到胡三爷头上来了。你们家的铅可以当铜卖吗？你卖给我的铜棒是夹心的，里头灌的铅，我不要了。”

“你说不要就不要啊，你买的时候咱怎么讲的，你看好的货，出了大院，我概不负责。你自己没看好，打眼了，还有脸回来找我？怨你白长了俩眼珠子，不识货，怨不得我。我还说你把铜棒换成了夹心的铜管，回来讹我呢。”

胡三和一听，气得一蹦老高，“‘蔫坏损’，我日你姥姥，你损阴丧德，睁着眼睛说瞎话。打我在你这儿离开算起，开车到铜厂，再到拉回来，满打满算不到三个钟头，我上哪给你把铜棒换成铜管去？就是你自己造的假，里面灌满了铅坑人，你还不敢承认？！”

“你说我灌铅有证据吗？没有证据，我还说你诬告呢！”

胡三和一下子哑了口，他冲过来要跟“蔫坏损”玩儿命，被周围的人拦住了。他一指“蔫坏损”，“行，‘蔫坏损’，你不给我退货，打今儿个起，你一分钱的货也别想卖了。”

胡三和一看“蔫坏损”大糖不吃——拿着，就想，既然给脸不要脸，就别怪我了。他就把三马车堵在了场地门口，站在车前面，手里拿着被截开的两根夹心铜管，向来买货的人介绍

“蔫坏损”的杰作，“大伙儿都来看啊，这就是‘蔫坏损’牌儿铜棒，外边铜，里边铅。这么缺德的损招他都想得出来，你们还来他这儿买嘛货呀？买嘛嘛赔。”

来买货的车排成了队，听了胡三和的话，有的就打算离开。

“快去别处买吧，从这儿往北走二百米，就是李清泉家的场地，对，那个红大门就是他家。”

胡三和说着话，有不少车还真调头奔北开去了。晌午，胡三和连饭都没回家吃，就一直守在“蔫坏损”的场地门口，不停歇地宣传“蔫坏损”牌儿产品。

又过去了三个多小时，“蔫坏损”一想，再这么下去，我这一天就甭想开张了，这个胡三和可真是个蒸不熟煮不烂的家伙，算了，好汉不吃眼前亏，我只好自认倒霉，先把他打发走了。这么想着他就满脸堆笑，凑到胡三和跟前，“三和兄弟，别这样，哥哥跟你开个玩笑，你还当真了。快，把车开进去卸货，钱我原数退给你。”

这时，胡三和倒不着急了，他就知道“蔫坏损”准会有拿不住的时候，没想到会来得这么快，也就故意不说话。“蔫坏损”又回头喊一声：“四顺，快去饭店炒菜买酒，我要和三和兄弟喝两盅。”

四顺是给“蔫坏损”跑腿的，听完就颠颠地跑出去了。

“蔫坏损”见胡三和还不说话，也不动，没办法了，咬了咬后槽牙说：“兄弟，你这一天的损失我也包了，怎么样？”

胡三和心里暗笑，嘴上却说：“你这是放着活蹦乱跳的鱼不吃，摔死了才吃啊，你打算赔多少？”

“二百块钱，行吗？”

“我要是把这一车铜棒交给铜厂，你知道可以赚多少钱吗？一千多块钱。”

“蔫坏损”心里骂，胡三和，你等着，过去今儿个，看我怎么收拾你。嘴上却说：“哎呀，兄弟，知道你能挣，你这一堵门，我这一天也没开张，不也赔了吗？这样行不，再涨一百块钱，三百块钱，怎么样？”

“五百块，一口价。”

“行，五百就五百，依你。”

胡三和今儿个从铁公鸡身上拔下了毛，已经大获全胜了，也就见好就收了。胡三和把一叠钱揣进怀里，打着饱嗝，开着车，慢慢悠悠地走了。“蔫坏损”望着胡三和的背影，恨恨地说：“胡三和，咱骑驴看账本——走着瞧。”

从这以后，胡三和再没有登过“蔫坏损”场地的门，可“蔫坏损”憋着这口气出不来，噎得哏喽哏喽的，他就让四顺去打听胡三和的行踪。

过了几天，四顺回话，胡三和天天去李清泉的场地拉货，还一口一个清泉哥，都叫干口儿了。

“行，好小子，你卖给胡三和货，就是跟我过不去，我要想一个好主意，让你们俩耗子打仗——窝里反，我好看笑话。”

他琢磨了好几天，终于想到了一个一箭双雕的损主意。

这天傍晚，“蔫坏损”提着一瓶酒和一个塑料袋，袋子里装着两个盛满菜的塑料饭盒，看看周围没人，才一步三摇，来到了刘巧花家。刘巧花正在外间屋里做饭。“蔫坏损”说：“巧花，甭做饭了，你看，我打了酒，买了菜，咱俩喝两盅。”

刘巧花一瞪眼，“‘蔫坏损’你这铁公鸡，怎么舍得拔下毛来呢？准是黄鼠狼给鸡拜年——没安好心。”

“你别拿好心当驴肝肺，你长得那么漂亮，天天还干那么累的活，让人看着心疼啊。”说着就伸出手，在刘巧花软软的胳膊上轻轻捏了一下。“啪”，刘巧花反手给了他的手一巴掌。‘蔫坏损’叫道：“哎哟，你看，给我都打红了，你下手怎么这么没轻没重呢。”

刘巧花也不说话，就往外推他，“蔫坏损”就是赖着不走。刘巧花干脆夺下他手里的酒和塑料袋，拿着向大门口走去，站在门槛里，直接扔出了大门。啪的一声，酒瓶子碎了，饭盒也滑出了袋子，菜洒了一地。“蔫坏损”也赶紧追出来，臊眉打眼地走了。

扫大街的傻二捡起地上的饭盒，想清理走，他看见塑料袋里边还有一张纸条，就抻出来，念道：“巧花，你就收下吧，这是我的一点心意。李清泉。”

傻二也不收拾垃圾了，就拿着纸条在大街上念开了。他念了一遍又一遍，还一边走一边念，像老和尚念经一样。大街上坐着的几个女人就围了过来，问他干吗，傻二说，纸条是在刘巧花家门口盛饭盒的塑料袋里捡到的，几个女人立刻嘁嘁喳喳小声说起来。一直躲在胡同拐角处的“蔫坏损”看到这儿，脸上露出了得意的笑。

很快，夜幕低垂，月亮还没有出来，大街上的几盏路灯亮着，给地面投下了一片片清冷的光。快十一点了，人们大多已经睡了。刘巧花家的墙头上，忽然蹿上来一个黑影，冲着屋里喊：“巧花，开门呐，我是你清泉哥呀！”

接二连三地喊，而且声音不算小，把左邻右舍都闹醒了。刘巧花家的外间屋门哗啦一响，门开了。

“谁呀，吃饱了撑的，三更半夜不睡觉，瞎叫唤嘛呀？报庙啊？”

咕咚一声，黑影从墙头上掉下去了，黑影掉到地上后还喊了一声：“巧花，我是李清泉呀，你别这样对我啊。”

等巧花打开大门，黑影早就跑得无影无踪了。刘巧花站在大门口又骂了一顿，才插上大门，又回屋睡觉了。周围几家的女人可睡不着了，都在说，李清泉怎么惦记上刘巧花了呢？这可是个大新闻，明天得出去宣传宣传。

第二天，胡三和提着一块儿猪肉往刘巧花家里去，刚拐过十字路口，几个女人本来有说有笑，一见胡三和来了，像被谁踩了死闸，咯噔一下，全都不说话了，只是用手指头点他。他也没在意，走过去推刘巧花家的门，门在里面插死了，胡三和拍打几下没有人开门，又大喊了几声，也没人应声。

胡三和转过头来，扫兴地往回走，到了十字路口，嘁嘁喳喳的说笑声又停止了，女人们还都大眼瞪小眼地看着他，意味深长地笑着。他立刻明白了，她们说笑的内容一定和他有关。

他立刻朝一个笑得最“灿烂”的人走过去，“二婶子，你们说嘛呢，笑嘛呢？”

“没有，没有。”

“有嘛就说出来嘛，不然就是有鬼。”

“真没有。”

“你要再不说实话，从今儿个起，我就住你家了，我说到做到，反正刘巧花也不开门。”

说完，一转身就直奔二婶子家院子里。那个中年妇女像被蝎子蜇了一下，立刻弹起来追到院子里，“你这个傻三和，行，我惹不起你，我跟你说还不行吗？”

胡三和在当院里站了足有一袋烟的工夫，听几个女人七嘴八舌地说了个大概，他的火儿就被点着了，气得直咬牙。李清泉，我看你表面上仁义道德的，暗地里却专门跟我作对，你等着，我跟你没完。想到这儿，胡三和顺手在柴火垛里抽出一根棍子，直奔李清泉的场地。

李清泉听到了胡三和的喊叫声，又看见他像是被点着的鞭炮，往外喷着火苗子，就知道这里边肯定有事。他想把胡三和让进屋里，胡三和没动。胡三和说：“有胆子你就光明正大地在院子里说，你敢做不敢说呀？”

李清泉一指胡三和手里的棍子，“你先把它放下，我要是真做了该打的事，你再拿起来打我也不晚。”

这句话胡三和倒是听进去了，就把棍子扔在了地上。

“说吧，你为嘛这么大火？我得罪你了吗？”

“得罪了。”

“你知道我跟刘巧花的关系吗?”

“知道啊。”

“那你为嘛还给她送酒送菜，半夜里还去跳墙头喊她开门?”

“你这是听谁说的?”

“你别管听谁说的，你就说有没有这回事吧。”

“从昨天傍晚一直到现在，我半步也没有离开场地，晚饭还是老伴儿送来的，不信你可以去查查监控。”

胡三和愣了一下，想了一会儿，扭头就走了。他又找到二婶子，“李清泉送饭，是谁看见的?”

“没人看见，是傻二说的，他拿着张纸条念了半天。”

“李清泉晚上跳墙头叫门，有人看见吗?”

“没有，有人听见，说清泉哥来了，清泉哥来了的。”

胡三和心里打了个转转儿，要是想做背人的事，肯定不会那么大声地喊，还说出自己的名字，是怕别人不知道吗？他对墙头上的那个“清泉哥”也画了一个问号。

胡三和又找到傻二问纸条的事，傻二说在刘巧花家门口有碎酒瓶子和洒的菜，他想打扫走塑料袋时，发现里边有一张纸条，上面写着李清泉的名字。胡三和知道傻二不会说瞎话，随后，他又去找刘巧花，这次没插门，一进门，胡三和就看见刘巧花的眼睛红红的，双眉间凝着一股愁云。他进屋后直接问：“巧花，昨天擦黑，李清泉来送饭菜了吗?”

“不是李清泉，是‘蔫坏损’，他还提着酒瓶子，有酒有菜，都让我给扔到大门外面去了。”

“巧花，半夜里上墙头叫门的人，你觉得是李清泉吗？”

“不知道，他自己说是李清泉，我听着倒不怎么像，好像是成心把细嗓子憋粗了喊的。”

“好了，巧花，你别害怕，我会弄个水落石出的。巧花，咱们俩就在一块儿吧，好吗？你也别折磨我了，我一定会始终对你好的。”

刘巧花愣了一下，又点了点头。胡三和上前伸出双手，拥住了刘巧花的肩膀，刘巧花也把头靠在了他宽厚的胸脯前，抽搭起来。

胡三和转头就回到了李清泉的场地，还没推门就喊："李大哥，你出来，我有话说。”

他嗓门挺大，语气却温和多了。李清泉迎了出来，“三和，你问清楚了吗？怎么着，还跟我没完了，是吗？”

胡三和说："李大哥，我冤枉你了。”

他一弯腰，捡起扔在地上的棍子，递给李清泉，“李大哥，我是个直炮筒子，让人家当枪使了，你要不解气，就用这个抡圆了抽我。”

李清泉接过棍子，扔得老远，又拍了拍胡三和的肩膀，“三和兄弟，身正不怕影子斜，谣言造得再真，也是假的，你忘了有句俗语吗，‘雪地里埋不住死孩子’。往后咱们哥儿俩还是好兄弟。”

“行，大哥，往后我只来你的场地拉货，你有什么事招呼我一声，兄弟我随叫随到。”

走了两步，又转过身子来说：“这件事现在看来，其实也成了一件好事。通过这件事，我看清了大哥你的宽宏大量，也看清了‘蔫坏损’的歹毒。那天他卖给我夹心的铜棒，我在他场地门口堵了一天，宣传他的造假手段，让他一天没开张，还倒找了我好几百，他是想报复我。还有，他这一折腾更成全了我和巧花，原来她对我不冷不热的，‘蔫坏损’白天去送酒菜，半夜里又去墙头上装神弄鬼，巧花也有些害怕了，就答应和我好了。”

李清泉一听，哈哈大笑起来：“兄弟，那得给你道喜啊，什么时候办喜事，可别忘了告诉我一声，我得去喝喜酒啊。”

胡三和转头就来到了“蔫坏损”的场地，站在院子里一通骂，嘛难听骂嘛。工人们也不干活了，围了一圈看戏，“蔫坏损”就一直躲在屋里，不敢出来应战。他只能堵上耳朵，假装听不见，心里求老天爷保佑，别让胡三和闯进屋来。胡三和骂够了，出了气，唱着歌走了。

受“铜棒事件”和“骑墙头事件”的影响，“蔫坏损”的声誉一落千丈，生意当然也就越来越差了。

“蔫坏损”打的算盘本来是挑拨李清泉和胡三和，让他们俩为了刘巧花闹起来，掐得越厉害越好。不想这次在阴沟里翻了船，他恨胡三和，更恨李清泉。胡三和充其量不过是一个杀手、一把刀、一条枪，可李清泉却是他在生意场上刀对刀、枪对枪的对手。他一想起李清泉来，就恨得牙根疼，可他又不敢光明正大地去挑战李清泉，他就琢磨着怎么给李清泉再下个绊子。

一大早，郭长武就开着三马车来到李清泉的场地，满脸堆着笑说：“叔啊，今天拆出来的铜多吗？给我留一车。”

李清泉说：“你下午来吧，一上午就能拆出来两三车。”

郭长武说下午还有事，明天上午一准来拉。谈好了价钱，郭长武就走了。

下午，许家山也来拉铜，看见有两堆，就想都拉走。李清泉说：“你就拉走一堆吧，那一堆是给别人留的，今儿个一大早就订下来的，人家明天就来拉。”

到了第二天上午，郭长武开着车过来了，可是跟昨天订货时脸色完全不一样了，小脸绷着。李清泉说：“长武，来了就装车吧，那一堆就是给你留的。昨天下午许家山来了，想都要，我没给他，说给你留的，他还不高兴呢。”

“是啊，”郭长武从那杂铜堆里抽出来一块儿，看了看，“叔，你这铜纯度不够啊，今儿个铜价又跌了，少算点，行吗？一吨少二百块钱。”

“你这是说的嘛话呀？我拆的这儿箱子铜都是纯铜，你说纯度不够，你验过吗？有证据吗？你昨天来的时候，价钱不都谈好了吗？今儿个你又来压价，你要是不想要了，提前告诉我，我早就一块儿都卖给许家山了。就是这价，一分钱也便宜不了。”

郭长武说：“我说的也都是实话，定了价就不能变了吗？铜价就得跟着大盘走。”

“长武，你也别来蒙我，大盘今天和昨天持平。你要是不想要就痛快说，不用遮遮掩掩。”

郭长武被李清泉说得脸上红一阵白一阵，很不自在，“行了，别说别的了，你要能降点价，我就装车，不降，这些货我就不要了。”

李清泉说：“不要就算了，一分钱也不能降。你临走了，我告诉你一句话，定好的事，该怎么办就怎么办。大小伙子，干净利索，别倒倒扯扯，你身上挂着苍子别老往别人身上蹭。”

郭长武没说话，开着车走了。望着他的背影，李清泉心说，他这是受了谁的病呢？和郭长武打交道也有几年了，他不是这样的人呢。

郭长武开着车一直往南走，来到了村子的最南边，开到了一个大门口旁边，停下来了。有个人正等着他呢，那个人就是“蔫坏损”。

昨天中午郭长武去二姨家随礼，酒席宴上，正和“蔫坏损”坐在了一个桌子上。“蔫坏损”问：“长武，在哪发大财了？”

“就是倒腾点铜，赚个受大累的钱，哪能和你这大老板比啊。”

“现在在谁那拉货呀？”

“李清泉那。”

“李清泉呢……”“蔫坏损”突然故意不往下说了，同时脸上露出了诡异的笑。

“怎么了？”

“蔫坏损”把嘴贴在郭长武的耳朵边低声说：“我听别人说

了，李清泉那尽是假货，要价还高，你可得多多注意。”

郭长武一听就说：“你这一说，我还想起来了，去年我在他那拉了一车铜棒，后来才发现，这些铜棒不是实心的，是铜管里面灌了水泥。李清泉说，他也不知道是谁给做了手脚，还把钱都退给我了。”

“哎呀，这就对了，我的傻长武，人家都把你卖了，你还帮着人家数钱呢。实话告诉你吧，那水泥就是他李清泉自己灌的，能蒙谁就蒙谁，他就是看你老实，欺负你，他怎么不把灌了水泥的铜管卖给别人呢？你往后可不能再上当了，他退给你钱，那是怕你把他造假的事抖落出去。”

郭长武一听，觉得“蔫坏损”说得也有道理，“就是，你说得对，我怎么没想到这一层呢？哎哟，坏了，今儿个一大早我还在李清泉那订了一车杂铜呢，订好了明儿个早上去拉货呢。”

“我说长武，你非得让人家把你骗成了傻子才甘心呢？快，快把他那的货给退了，我再给你介绍一家。”

“都说好了，再退，不好吧。”

“有嘛不好的，结了婚的两口子还离婚呢。谁说订了货就一定得要啊？怕上当，咱就不要。你就说铜不纯，质量有问题，价格太高，给他每吨下压二百块钱，他准不认头，不就从他嘴里说出来不卖了吗？我再给你介绍双庆他们场地，那些铜保证都是一级货，价格也便宜，保准不像李清泉那样骗你。”

郭长武被说动了，“蔫坏损”趁热打铁，说：“明天上午，我在村子南边双庆他们的场地门口等你，你退完了货就去那，有我给你介绍，双庆肯定给你个便宜价。”

郭长武被“蔫坏损”套牢了，对他说的话已经深信不疑。“蔫坏损”心里这个美呀，心里说，李清泉，我明着斗不过你，暗着，你还真不是我的个儿。“蔫坏损”端起酒杯，“来，长武，走一个，合作愉快。”

咔的一声，两只酒杯碰在了一起，两个人一仰脖都喝光了。“蔫坏损”和郭长武两个人脸上都红扑扑的，手拉着手走出了宴会大厅。

第二天，郭长武就在李清泉的场地上演了那出反悔退货的大戏。

“蔫坏损”见郭长武开着空车真来了，他的笑容更灿烂了，摆摆手坐到了车上进了双庆的场地。装了满满一车铜，“蔫坏损”又坐着郭长武的车出了场地，刚出大门口，“蔫坏损”就说：“长武，长武，靠边停车，我跟你有话说。”

郭长武停下了车，“还有嘛事？”

“你这车货是怎么买的？”

“交了钱就买了。”

“要是没有我把你介绍给双庆，他会那么痛快地卖给你一车铜吗？”

“他卖给谁不都赚钱吗？”

“我给你费了这么大劲儿，你怎么着也得给我意思意思啊。”

“意思嘛呀？”

“你看你，还非得逼着我说出来，你不得给我点中介费呀?”“蔫坏损”还有些扭捏了。

“双庆给我的货，价钱和李清泉的一样，我拉这一车也赚不了个三头二百的，你还找我要中介费？给了你，我不就等于白忙活了吗？那我还不如直接在李清泉那拉铜呢。”

“蔫坏损”一听，煮熟的鸭子要飞了，就赶紧说：“算了，算了，你还当真了，我是跟你开玩笑，咱俩多相好啊，找别人要也不能找你要啊。这样吧，等你卖完了铜，中午，咱聚友饭店，你请我喝两盅，总行吧?”

郭长武没话说了，只好点了点头。

聚友饭店里人声嘈杂，单间早已经坐满了，“蔫坏损”和郭长武就坐在大厅中间用竹帘隔开的房间里，帘子挺密实，看不见周围的人，但可以听见声音。俩人坐下，要了酒菜，就开始说悄悄话。等一瓶酒喝进去一多半时，俩人都有些红头涨脸的了，悄悄话也就变成了粗门大嗓。

“长武，知道我对你好了吧？记住了，往后别跑李清泉那拉货去了。”

“嗯。”

“吃一回亏就得长记性，我给你介绍的都是大老板，跟我都是铁哥儿们，你要是去我那拉货，保你货好价钱还低，准能赚好钱。”

“行行，听你的，哥儿俩好，相互帮衬。来，走一个。”两个酒杯就碰在了一起。

他们不知道的是，隔壁的房间里，李清泉独自一个人也正在吃饭。他老伴儿和两个儿子去参加亲戚的婚礼了，他自己留下看场地，也难得清闲，下了回饭店，要了两瓶啤酒，一个菜，自己正慢慢地吃喝着。听见有人进了隔壁的房间，小声地说话，也没注意。到后来声音越来越高，还提到了自己的名字，李清泉马上就知道隔壁屋里是谁了。怪不得今天上午郭长武挑三拣四的，还故意压价，原来身后有一位叫“蔫坏损”的军师啊！喝完了酒，吃完了饭，听听隔壁，俩人都已经喝高了，他掀开竹帘子走到“蔫坏损”他们的帘子外边站下了。听着里边俩人还在吹牛，就咳嗽了一声，吹牛的喊声立马就没有了。

屋里人问道：“谁呀？”

李清泉也不说话，哼着“我正在城楼观山景”，走出了饭店。

“蔫坏损”想算计李清泉，没想到败得挺惨。他不服气，就到处找头绪，想在生意上大干一场，压倒李清泉。他又花钱、又托人，挖门子、找窗户，终于结识了一位大老板，大老板也让他尝到了甜头，拉了几次货，就让他赚了几十万元。“蔫坏损”认定这次是拜到了真财神，这正是超过李清泉，咸鱼翻身的好机会，他就东挪西借，凑了二百多万元，交给了“财神爷”，盼着辉煌时刻的到来。

哪承想，“蔫坏损”的货款也被他认识的“真财神”卷走了，这回他彻底蔫了，那像刀削一样的苦瓜脸都变绿了。可是工人们干了几个月活，还没有开工资，他们就天天来场地找他要钱，他躲到家里，工人们就去家里堵他。他要彻底被逼疯了，就晃着麻杆儿一样的身子走出来，嚷道：“你们的工资才多少钱？我打款打了几百万块都打飞了，我找谁要去？你们的工资加起来总共才十几万块，不是不想还，是我现在没有钱了，你非找我要，我到哪里去要啊？你们就放心，欠你们的工资我认账，什么时候我有钱了，第一个就还给你们。”

好汉子要不出没钱的账，工人们只能唉声叹气地离开了。久而久之也就疲沓了，不再去他家里闹腾，而是碰见了就问一句：“那几百万块钱要回来了吗？”

“蔫坏损”双手一摊，“一分钱少不少啊，也没有要回来。我听说那个王八蛋带着我的钱跑到国外去了，手机号也换了。我可怎么办，找谁去要？”

人们一听，心里就凉透了。这十几万块钱的工资也就成了死账。工人们要不回血汗钱，就去县劳动局起诉了“蔫坏损”，“蔫坏损”被劳动局传唤后，仍是一副死猪不怕开水烫的架势，劳动局进行调解也没有结果。判决让他支付工人工资，他却无钱执行。他就成了一个“刺猬”，手捧着挨扎，丢了又有点舍不得。工人们最后也没有脾气了，整天要账也要不回一分钱，还不如去别的场地先继续打工，每个月也能挣几千块钱，再这样干耗下去，也是白耽误工夫。

事到如今，“蔫坏损”也没有精力和李清泉斗智斗勇了，李清泉也只是见招拆招，从来也不主动出招。

“蔫坏损”本来拆废干得也不晚，场地也不算小，也赚了不少钱，可是都被接二连三的“假财神”骗走了，不但没有超过李清泉，还伤了元气，赔光了本，这回他是彻底的“无钱一身轻了”。“蔫坏损”对自己已经不再抱任何希望，他想场地的东西可以卖的，干脆就全卖了，把场地也租给别人。

“蔫坏损”的场地只剩下一堆拆废的底子了，他又一次要手段，小赚了一把。

这天，来了一对父子买底子，“蔫坏损”领着爷儿俩看完底子，谈好了价钱就离开了。爷儿俩把底子装上了车，看到车旁边还有一块儿像黑石头一样的东西，还挺沉的，不知道是什么东西，父亲就让儿子把那东西装上了车。交完了钱，开了出门证，车子来到门口，可是门卫却不给他们开门，说他们偷了东西。父子俩一听就吓坏了，说：“我们没偷东西，为什么不让出门？”

过了一会儿，“蔫坏损”从场地里走了出来，指了指他们车上那个黑色的篮球样的东西说：“这个你们买了吗？”

“就在我们的车旁边，我们以为这一块儿东西也是卖给我们的，就搬上来了。”

“没花钱买就搬上车，那不就是偷吗？认打认罚吧。”

“我们也不认打，也不认罚。”

“那就报警，先罚款，再抓你们去蹲拘留。”

父子俩一听，既要罚款，还要拘留就吓坏了，“老板，别报警啊。”

“不报警你说怎么办？”

“我们认罚。”

“认罚也行，这东西值六千多块钱，要按双倍罚，得罚你们一万多块钱。”

“老板，我没有钱，我是买底子的，买底子总共才花了三千多块钱，你却要罚我一万多块钱，我拿什么交？真的没钱。”

好说歹说不行，又找来了说和人，最后罚了父子俩三千块钱，等于这一车底子他们是花费了六千块钱买走的。其实这就是“蔫坏损”设的局，他故意在车旁边放上这个东西，然后就在旁边盯着看，不装上东西就算没事，只要把东西往车上一装，那就中了他的圈套，就算是就被讹上了，还只能吃哑巴亏，说不得嚷不得。很多人都爱贪小便宜，所以他的这一损招很少有失手的时候，很多人都被他讹了钱。

“蔫坏损”的场地处理完了，他又打起了李清泉的主意。

李清泉钻过“蔫坏损”的套，也就时刻像防贼一样防着他。

李清泉正在场地里忙活着，“蔫坏损”走了进来，李清泉说：“哎哟，这不是闫老板吗，稀客呀，你这么尊大神，怎么今儿个到我这儿来了？我这座小庙可装不下你啊。”

“李老板，快别挖苦我了，我今儿个就是要住在你这小庙的，不走了。求求你给口饭吃吧。”

“嘛意思？”

“从今儿个起，我就来你的场地打工了，你就是我的老板。”

“又开玩笑，我这儿的活都这么累，你这当惯了大老板的，可受不了这个罪，吃不了这个苦。”

“李老板，实话跟你说吧，这几年，我就是瞄着你在做买卖，时刻都想超过你，可结果倒好，现在只剩下我这一百多斤了。我也想开了，打工更好，打工多省心，干一天给一天的钱，当天结清，这钱没个飞的，费点力气，省多少心啊。”

闫怀顺能放下他的架子吗？能不能又冒坏水啊？李清泉也说不好。“蔫坏损”倒是说到做到，从那天起，他几乎天天都来干活。

第十六章

往事，就像是一张陈年老唱片，不经意间，就会触碰到它的开关，它就会在时间的夹缝中苏醒过来，慢慢转动起来，送来那岁月走过的沙沙的脚步声。

这天上午，李清泉正在场地里忙着，突然进来一个小伙子，嘴里一个劲儿地喊着“叔，叔……”，快步走到李清泉跟前。

“有嘛事啊？大力，怎么了？”

许大力突然跪倒在李清泉脚边，“呜呜”地哭起来，把头埋在地上，不住地磕着说：“您老人家行行好，救救我爸吧！”

李清泉连忙扶起他，“大力，快别哭了，说说怎么回事，你爸怎么了？”

“我爸昨天查出得了癌症，需要住院，一家人凑在一起，想了一宿也没想出办法，我就只能来求您了。您先借给我点钱，先给我爸去治病，等过了这一关，我就是砸锅卖铁，也一定把您的钱还上。”

小伙子叫许大力，是许来旺的二儿子。李清泉不由得又想起这些年来，始终刻在他脑子里的四个字——三尺地基。

许来旺家的房子和李清泉的老房子挨着。那年，李清泉要翻盖新房，请来的建筑队已经把老房子拆完了，正要刨槽子、砸地基的时候，许来旺却突然过来说：“清泉啊，你的房子不能原笕旧基地盖（指新盖房子时，按照原来老房子的地基位置接着盖），因为当初你们家的房子下面压着我们家的三尺地基，过去你们家盖老房子时就占去了，现在翻盖新房，你必须把这三尺地基给我让出来。”

李清泉一听就懵了，说：“你说我家房子下面有你们家的三尺地基就真有啊，我还说你们家的房子下面压着我们家六尺的地基呢。你这是听谁说的，我怎么不知道？”

“我爹告诉我的，你爹也知道。”

“可现在你爹和我爹都已经死了，死无对证，我根本就没听我爹说起过这件事，我就在我家院里原来的地方盖。”

“你要非盖也行，我准让你盖不成。”

“我一准儿能盖成。”

“走着瞧。”

“走着瞧。”

第二天，李清泉就又叫来建筑队的工人，用铁锨在地基上刨槽子，快挖到西房山时，早就等在那里的许来旺一下子就跳了起来，跳到地基上，横躺在地上，谁劝也不起来。干活的人被吓了一跳，不知道出了嘛事，立刻找东家。李清泉正在外面买檩条，等他回来看到工人们都停了工，在那抽烟，再一看躺在地上的许来旺，立刻就明白了。他顺手抄起一把铁锹，冲了过去，人们马上把他围起来拦住了。

“姓许的，我盖新房，你成心来添堵。行，我今儿个就豁着这房子不盖了，也要把你铲死，咱俩一命偿一命。”

许来旺躺在地上，嘴也没闲着，“你凭什么压着我们家三尺地基不还？不给个说法，你就甭想盖房子。”

李清泉也嚷：“你说有三尺就三尺啊，没听说过，我不承认。你怎么不说有一百尺，连当街都是你们家的呢？”

“你要是不让出三尺来，一个砖头你也别想垒。”

李清泉急得没办法，人们拦着，他冲不过去，就抓起地上的一把土坷垃朝着许来旺撒过去，正好撒了许来旺一脸，眼睛、鼻子和嘴里都进了土。许来旺也急了，一跃而起，抓起一把土块儿，也向李清泉砸过去，打中了李清泉，也打中了周围的人。人们又跑过来，抱住了许来旺。许来旺往前蹿，李清泉也往前蹿，人们一看劝不住了，就有人跑去找治保主任。

治保主任一听说都要闹出人命来了，急忙把村主任一块儿叫来了。治保主任把许来旺拉回到自己家中，村主任也把李清泉叫到了自己家里，俩村干部分头劝说，结果这俩人谁都不服说。俩村干部又互相沟通后，决定让他们俩人都冷静一两天，并同时规定，在解决问题之前，许来旺不准再到李清泉的地基上去，李清泉请的建筑队也不能再干活，这回俩人都点头了。村主任和治保主任又商量出一个折中的解决办法，让李清泉象征性地拿出二百块钱给许来旺。

李清泉不答应，说："根本就没有三尺地基的事，我一拿钱，不就证明我占了他地基的事是真的了吗？"

村主任也急了，"清泉啊，你的房子还打算盖吗？盖房是喜事，可不能因为这点小事把事闹大了。许来旺一口咬定说他爹说过有三尺地基的事，你说你爹没说过，现在死无对证，你说该怎么办？你出二百块钱，就是为了快点把这事解决了，好继续盖房子。砖和木料都备齐了，建筑队也来了，就这么等着、耗着，不干了？等到了雨季，垒了半截的墙要是让大雨一浇，准得塌了，你也不是不知道这个道理。"

李清泉一晃脑袋，"我宁肯房子不盖了，也不能让别人无中生有地泼脏水。"

村主任又说："清泉啊，你是个明白人，怎么这么点小事，你非得钻到牛角尖里头去，还要找个套里间呢？你爹和许来旺他爹当年就因为没有解决好，到现在已经几十年了，这颗雷还不是在你们俩脑袋上爆炸了。你们俩要是再解决不好，就是又给后辈子孙埋雷，这个雷将来一定还得炸了。你说这样闹下去，你们两家中，有一家会得到好处吗？这就是两败俱伤。你没听说过刘家村俩人为了争一砖宽的滴水，闹出人命的事吗？"

李清泉眉头皱了一下，其实，他和许来旺也不想留下仇疙瘩，可他就是咽不下这口气。

村主任接着说："话又说回来了，远亲都不如近邻，你们俩不能把上辈子留下来的问题再传给后辈人，那就害了他们，这个仇得传几辈子啊？"

李清泉挠了挠头说：“行，主任，看在你的面子上，我出二百块钱，就当破财免灾了。”

事情虽然就这样过去了，可是从那以后，李清泉和许来旺俩人在路上碰个照面，都会同时抬起脸来，谁也不搭理谁，就像陌生人一样。一晃三十年过去了，俩人直到现在还是这样，两家也井水不犯河水。

两家是邻居，过去也没少来往，就是这三尺地基的事闹的，让李清泉没法儿再跟许来旺说话了。许来旺也想找李清泉说话，可是看他仰着脸，也就不再热脸去贴冷屁股。其实，李清泉内心也想解开这个疙瘩，他时常想起那年腊月许来旺家发生的悲剧。

那年腊月，从墙头那边传过来的撕心裂肺的哭声，让李清泉直到今天也忘不了。

那天，许来旺他爹攥着一沓钱回到家里，那是刚在生产队结算分的钱，是全家人干了一年的收入。他觉得这钱放在哪里都不安全，也没跟家人说，自己就用纸把钱包了好几层，藏在了麦子口袋里，多半年也没舍得用钱。到了秋后，要种麦子了，许来旺他娘看见自己家的麦种有富余，耩麦子时，粜麦种比卖麦子要贵一些，可以多卖点钱，许来旺娘就让许来旺扛着多半袋子麦种去集上卖。当时，赶集卖粮食还是偷偷摸摸的，有穿制服的人来检查，被抓住了，就要把粮食没收。许来旺背着麦子走了三四里，累得呼呼直喘粗气。刚刚来到粮食市场，就有人想看麦子，一听给的价钱还比较合适，许来旺就解开口袋，让人家看了看，就卖掉了。中午吃饭时，才赶回家里来。他笑着把一沓钱交给他爹，“爹，看，卖了这么多。”

那沓钱都已经被他的汗洇湿了。许来旺他爹问哪来这么多钱，许来旺他娘笑着说：“我让来旺把多余的麦种扛了一袋子卖掉了。”

“卖的哪一袋子？是不是系着红口绳的那一袋子？”

许来旺娘也没注意，就问许来旺。许来旺说是吧，说着从口袋里掏出了一根红口绳，是一条由麻和红布条搓成的口绳。临走时，娘再三嘱咐他卖粮食的规矩，就是只卖粮食，不卖口袋和口绳，就像卖牲口一样，只卖牲口，但笼头和缰绳一定要拿回自己家里来。许来旺一掏出口绳，他爹一看，就从凳子上一下子出溜到了地下，又弹簧似的跳起来，不但没接钱，反而一把打在了许来旺的手上，十几张毛票落了一地。许来旺一惊，啪的一声，脸上又被重重地抽了一巴掌。

“你为嘛打孩子？”

啪的一声，许来旺他娘也挨了一巴掌。

“你这个败家老娘们儿！”

“他爹，你是疯了，还是吃了枪药了？”许来旺他娘边说边哭起来，许来旺也哭了。

许来旺爹还不干，就在外屋地上气得跳着脚直蹦，突然，他又打了自己两个嘴巴，“怨我，把钱放哪不行啊，非得藏在麦种口袋里！”

娘俩都愣住了，也不哭了，跑过去拉着许来旺他爹，不让他再打自己了。许来旺爹蹲在地上，又用拳头捶自己的脑袋，捶了十几下才哇的一声哭了，“那是咱家去年干了一年的结算钱啊！”

一家人的哭声惊天动地，邻居们不知道出了什么事，都来劝解，许来旺的爹娘才止住了哭声。

许来旺他爹又一屁股坐在地上，“去年结算的一百三十七块二，我觉得放在哪都不保险，就藏在了麦子口袋里，我怕记错了，还特意搓了根红口绳系上。完了完了，这回全完了。”

许来旺他娘一听，也跟着号啕大哭起来。

许来旺他爹还是不依不饶，“一年的活白干了，丧门星，谁让你做主去粜麦子的？”

人们劝了半天，就都离开了。许来旺他娘中午和晚上都没吃饭，夜里也不睡觉，就在炕边上坐着，也不哭，也不说话。谁也没有料到，等许来旺他爹睡着了，许来旺娘就把平时自己睡不着觉才吃一片的安眠药，吃了整整一瓶子，还喝了白酒。第二天早晨发现时已经晚了，送到卫生院里也没有抢救过来。人们都说，许来旺他爹这是白干了一年，都便宜了买麦种的，自己却落了个人财两空。

不过现在两家的情况不一样了。李清泉靠拆废赚了钱，许来旺家有两个儿子，大儿子许大壮，刚开始拆废的时候也是小老板，自己辛勤操持也赚了不少钱。可是有钱之后就不回家了，还勾搭上了一个洗头房的女子，非要和媳妇离婚，媳妇不同意，他就干脆租了一间房子，和洗头妹同居了。许大壮媳妇闯进去砸了两次，闹了几回，许大壮也不回头。

许大壮又学会了在网上赌博，开始天天赢，他下的赌注也就越来越大，结果一下子全都输光了不算，还欠下了几十万元的赌债。追债的人天天来堵着门要账，他没咒念了，一咬牙，把媳妇和孩子现在住着的三间房抵了账。债主拿着许大壮写的字据，天天来催许大壮媳妇搬家，不搬家就砸玻璃，还扬言再不搬就要把孩子带走。许大壮媳妇害怕了，就带着儿子回了娘家。洗头妹一看，许大壮成了穷光蛋，也收拾一下自己的东西，又回到洗头房干起了她的老本行。许大壮的房子没了，媳妇也走了，就只能搬到父母那，一起挤着住。

二儿子许大力倒是踏实能干，开始和哥哥合伙拆废赚了点钱，可看到赚了钱的许大壮花钱时像流水一样，他就和哥哥分开了，自己又和别人茬伙儿干。拆了几箱线也赚了不少钱，就又把赚的钱也投进去了，不想打款也打飞了，凑的一百多万元全没了，几个人的心一下子掉到了冰窟窿里。许大力看到他爸又喘又咳嗽，憋得喘不出气来，就借了点钱，带着他爸去医院看病，大夫的诊断让他大吃一惊，说是肺癌。许大力和许大壮商量，许大壮只有一句话，我没钱，你自己去想办法。不过你借的钱，我也不认账。看着死猪不怕开水烫的大哥，许大力一夜也没睡，思来想去，也只有求李清泉这一条道了。

李清泉从别人那听说过这哥儿俩的事，今天又从许大力嘴里得到了证实，皱着眉头，正琢磨这事。许大力两眼望着李清泉，哀求道："叔，我知道，我爸和您老人家过去有过节，可您不能见死不救啊，您老就行行好，救救我爸。我替我爸谢谢您，给您老人家磕头了。”

说着就又要跪下去磕头，李清泉连忙拉住了他，“大力，过去的事已经翻篇了，你爸的事我来管，你就说住院得多少钱吧。”

“先借我一万块钱。”

“这样吧，我拿十万块钱给你爸看病，不够了再来我这儿拿。”

许大力一听连忙鞠躬，“谢谢叔，你就是我们一家人的救命恩人啊。”

当天，许大力就带着许来旺去了滨海市专科医院做了手术，住院费、手术费花了三十多万块钱，钱都是李清泉出的。许来旺出院后在家里养着，李清泉买了水果去看他，许来旺躺在炕上，一见到李清泉，脸上的表情，谁也说不清是想哭还是想笑，眼泪就流了下来，“兄弟，我都听我家大力说了，是你救了我的命。我对不起你啊，你的大恩大德我这辈子是还不清了……”

许来旺越说越激动，后来竟然像孩子一样呜呜地哭了起来。

“行了，老哥，别哭了，你也别说了。你要谢就谢大力，他是个孝顺的好孩子，我能见死不救吗？咱哥儿俩过去的事现在翻过去了。现在我只是想听一句真话，你家老爷子真说过三尺地基的事吗？还是吃铁丝拉笊篱——你自己肚子里编的？”

“真说过，我也不知道真假。”

“行了，过去的事到此为止。大力如果还想拆废，我给他出本钱。如果不愿意自己干，让大壮和大力都来我的公司里干也行。”

许来旺激动得说不出话了，只是用两只手对着李清泉一个劲儿地作揖，还在呜呜地哭着。

回到家后，李清泉的耳边总是出现许来旺今天像孩子一样呜呜的哭声。

这天晚上，李清泉睡不着觉了，他想到当初为了盖房子和许来旺闹的那些事，想到和许来旺三十年来见了面好像陌生人一样，一扬脸就过去了，想到许来旺现在的身体状况，想到现在自己经过不断拼搏，事业上小有成就，也想到自己已经年逾花甲，才算刚活明白了。如果自己死了，一分钱也带不走，留给儿子，要是儿子不争气，也会很快把家产败光，所以应该让子孙们多学习一点老祖宗们留下来的好东西，要让他们学会走正道、讲信用，不为非作歹。他还想应该用自己挣的钱为村里办点好事，小学校的房子也有二十几年了，该翻盖了，不行就盖个三层小楼；村里的砖道修了好多年了，已经破败不堪，应该重新修修，把大街修成柏油路，胡同都铺上面包砖。

河湾村的小学校原来有十几间平房，这个地方最初是个大苇塘，李清泉的爷爷开始只是在自己家中教私塾，后来看到滨海市的新式学堂，他下决心要在河湾村也建一所学校。凭他行医所得的钱根本不够，他就又去政府“化缘”，又向亲戚朋友们借了不少钱，才把苇塘垫平了，盖上了用土坯垒成的五间平房。在院子中间还留出了一小块儿原来的苇塘水面做了池塘，还修了亭子，栽上了荷花。本村的人们高兴坏了，孩子们再也不用跑几里路到邻村去上学了。开学了，学校里没有桌凳，村里就派人用土坯码成了课桌，学生们自己带凳子来上学。爷爷既是校长又是教员，还招来他的两个学生，帮忙一块儿上课，河湾村第一次有了朗朗的读书声。学校越办越好，连邻村的孩子也有不少到这里来上学了。

那年闹大水，把学校的房子全都冲毁了，大水过后，村里又在原址上重新盖起了小学。这回学校的地基垫得更高了，还一口气盖起了十几间教室。学生们一拨又一拨毕业了，走出了河湾村，成了人才，学校却越来越老、越来越破了。先是屋里漏雨，雨滴滴在孩子们的头上、课本上，雨水在墙壁上也留下了一道一道的泥印子，接着墙上也出现了裂缝。操场上，不下雨时暴土扬尘，孩子们跑完步，头发上、脸上、鼻子眼里全都是尘土，赶上刮大风更是睁不开眼，干脆就不上体育课了。一到夏天连雨天，全校的体育课就都停了。暑假过后，操场上长满了草，草下面都是水，李清泉和同学们下课后去操场上玩儿，每人可以摸回来好几条鱼。

在建学校之前，李清泉先参观了滨海市的几所学校，看到那里的设施，李清泉非常眼热，心里说，我也要盖这样的学校。接着他就找了专门的工程师来设计楼房，又领着工程师参观了那几所学校。李清泉让工程师在学校中设计出了教学楼和运动场，教学楼有教室、办公室、音乐教室、美术教室、外语教室、多媒体教室等，经过多次修改，方案才定下来。他又马不停蹄地请来建筑队施工，一年多时间，学校就建好了。绚烂的阳光下，米黄色的三层楼房和绛红色的坡形屋顶分外养眼，操场修了塑胶跑道，绛红色的跑道和绿色的足球场相互辉映，课间操、体育课、运动会、升旗仪式都在操场上举行，新学校的操场再也不怕刮风下雨了。

学校建好后，第一周的开学典礼，校长亲自把李清泉请到了学校，让他给孩子们讲话。

李清泉胸前飘扬着红领巾，手拿话筒站在讲台上，很是激动："孩子们，几十年前，我也和你们一样，是河湾村小学的学生，我只上了小学就去干活了，所以到现在几十年了，我和你们一样，还是小学生。我不能接着上学是没有办法，希望你们一定要好好念书，你们要念完小学念初中和高中，念完高中念大学。你们长大后，一定会比我强，我看好你们，你们就是咱们河湾村的人才和希望……"

坐在台下的县教育局局长，清河镇书记等人都被李清泉朴实的话语感动了，眼睛里有泪光在闪动。

河湾村的路最早都是土路，一下大雨，家家户户的牛粪、驴粪、鸡粪都被冲到了大街上，臭烘烘的，大街变成了烂泥塘，拉庄稼的大车都会陷在泥里。人们穿着雨鞋在大街上走，都能灌篓儿，所以人们就干脆光着脚丫子。十天半月后，水和泥干了，大街上到处是硌脚的土坷垃和深深的大坑。后来上级部门来检查的汽车也陷进了泥坑里，领导就特批了一笔钱为河湾村铺了砖道，这样就再也不怕下雨了。十几年过去了，砖也粉了，又出现了凹凸不平的坑。

李清泉请来施工队，先把大街两旁的下水道修好了，中间砸上三合土，再铺上石子和沥青，一条平整结实的柏油路就修好了。为了方便修上下水，胡同里铺上了一层面包砖，还砌出了漂亮的几何图案。大街两旁栽上了花草树木，春夏秋三季，大街上都是花香扑鼻，引得蜜蜂、蝴蝶围着花朵上下翻飞。大街、胡同焕然一新，人们的心情也特别舒畅。

村里的学校、大街和胡同都修好了，镇里和村里的干部来到李清泉家里，表扬了他为教育，为百姓做的好事。镇长又请李清泉坐着小轿车，去县里领回奖状和奖金，那是由县长亲自颁发的。

镇长和村主任把李清泉送回家后，镇长很严肃地说："李清泉同志，感谢你为村里，为教育做的大好事，我们想征求一下你的意见，村里的主街道就叫清泉大街，学校就叫清泉小学，好不好？"

"不行，不行，各位，听我一句，我出钱只是为了孩子们能读好书，为了让大伙儿出行方便。想想我上小学的那几年，一下雨，教室就漏雨，老是担心房子倒了，被砸在下面。只上完了小学，我就不得不回家干活了。后来，我这不识字的睁眼瞎子去做买卖，吃了多少亏啊。往后绝不能让孩子们跟我一样了，得让他们有学历，有胆识，将来才能当顶梁柱。村里的大街和胡同就更甭提了，只要一下雨，就成了烂泥坑，一脚踩下去都拔不出来。我现在做这些事，不是为了留名，我只是想干点实事，给大伙儿留个念想。学校和大街该怎么起名，就怎么起，但有一条，绝不能用我的名字。”李清泉也非常严肃地说。

李清泉的公司发展很快，业务量不断增多，就成立了一个车队。李清泉经常和司机们聊天，嘱咐他们不能疲劳驾驶。可俗话说，常在河边走，哪有不湿鞋的，车天天在公路上奔驰，出事故也属于正常。可这次事故，让李清泉很恼火。

第十七章

李清泉正在吃晚饭，忽然接到一个交通队打来的电话，让他明天去一趟交通队。李清泉很意外，问有什么事，对方说就是涉及十几天前他们公司的集装箱大卡车和一辆小轿车相撞这件事。

李清泉说："不是已经处理完了吗？"

"现在小轿车司机还在住院，他又报警了，我们得重新调查。"

李清泉马上给韩长印打电话，又问了问上次事故的处理和赔偿情况，他心里就有了底。

第二天，交通队刚刚上班，李清泉就到了，一个年轻的交警接待了他。

交警说："现在报警的小轿车司机说发生车祸时，他是直行，你的大卡车在拐弯时把他的车撞了。按照交通规则规定，转弯车辆应该让直行车辆先走。现在不只是小轿车被撞坏了，司机也受了伤，腿骨折了，正在住院。你们车上的人要求私了，司机不同意，你们的人还威胁司机，答应补偿的钱司机也不满意。这件事你知道吗？”

李清泉说：“知道，是我车队的队长韩长印跟我说的。照你的说法，这事他当时就没有处理好。”

交警问他打算怎么办，他说：“这件事我保证全力配合交警同志把事故处理好。这样好不好，交警同志？我现在就回去，再问问韩长印究竟是怎么处理的。也麻烦你再问问受伤司机有什么要求，回头咱们再沟通，行吗？你放心，该我承担的责任我一定承担，该赔偿多少钱我来赔。”

交警点了点头，说：“这就对了，你回去再好好问问，我等你的回话。”

李清泉还找交警要了受伤司机的电话，又问清了在哪个医院，就开车直接去了医院。

李清泉的车队有十几辆车，大卡车、小卡车、小轿车都有，韩长印是队长，这个小伙子脑瓜子灵活，也有一定的办事能力，跟着李清泉已经干了三四年了。

回到场地，李清泉立刻打电话叫来了韩长印，“长印，咱那大卡车十几天前和一辆小轿车撞了，你再详细地说说撞车的经过，还有你是怎么处理的。”

“老板，这事不都已经处理完了吗？也跟您汇报了。昨天晚上我在电话里又说了一遍，有哪不对吗？”

“那个小轿车司机现在报警了，交通队要我去了一趟，我刚回来。你就再说一遍整个过程，照实说，一点也别落下。”

“咱的大卡车拉着几吨铜给客户送去，走到一个路口时，忽然冲出来一辆小轿车，咱的司机躲闪不及就给撞上了。”

“谁直行，谁拐弯儿？”

“咱是直行，小轿车拐弯儿。”

“不对吧，人家可说了，是咱拐弯儿，人家直行。”

“这，这，……”韩长印忽然结巴起来。

“都到现在了，你还不说实话，你还找人威胁人家，说说有没有这么回事。”

“老板，我这不也是为了公司好吗？咱们公司原来在交通队已经有违规记录了，这次如果再违规，处罚就更重了。我就想着如果这次私了了，咱的违规记录不会增加，还可以少花点钱。”

“该谁的责任，就是谁的责任；该花的钱，一分钱也不能少。我早就跟你说过，每件小事处理不好，都会影响咱们公司的信誉，你忘了吗？”

“老板，我都记着呢。”

“你就把那天的事原原本本再说一遍。”

“行，老板，我错了，我实话实说。那天在开发区的一个十字路口，没有红绿灯，也没有监控，咱的车拐弯儿，那辆白色小轿车直行，咱的车身长，正要拐弯儿，白轿车就开过来了，就给它撞上了。我接到了司机的电话，就和几个人赶过去了，到了出事地点，看到小轿车司机只是腿受伤了，头撞在了玻璃上，问题都不大，就跟他商量怎么解决。开头他想报警，我想咱们在交通队已经有过事故记录了，再报警，记录不就更多了吗？我就说私了，跟他说不通，就换了别人继续跟他说，都劝说他别报警了，私了。我们几个人围着他说，他大概有点害怕，就答应私了。我又说，‘你的车坏了，造成的损失，走我们的保险给你修理，一定都换新件，保证修好。你受伤了，我们现在就送你去医院，还多给你赔偿。可有一条，如果有人问你事故的经过，你得说是自己的责任，你就说你的车拐弯儿。’他也点头答应了，我们就把他送进了医院。”

“你这就是在仗着咱人多明目张胆地威胁人家，你明白吗？咱本来不占理，你非得逼着人家承认自个儿理亏，你这都是做的嘛事啊？人家已经受了伤，本来就疼得够呛了，你还不马上送他去医院，还让他在那忍着疼和你们讨价还价，还得完全按照你的想法去说。你说要是失血过多，人死了，你说什么不都晚了？不光咱的司机和你得承担刑事责任，我也得担责任。你说是为了咱公司，这不明明就是在坑害公司吗？你这是要让我李清泉背上不仁不义的罪名吗？”

韩长印低下了头，“老板，是我把这事想简单了，您别生气。”

李清泉又给公司会计打电话，让他把这个月的账本拿过来。过了一会儿，会计就拿来账本交给了李清泉，李清泉让他翻到十几天前韩长印领取小轿车司机赔偿款的那一页，韩长印眉头不由自主地抖了一下。

李清泉用手一指账本，“韩队长，这赔偿金，你是怎么处理的？”

“我，我，给了司机十五万块钱。”

“真的吗？”

“是，是真的。”

“怎么司机说你只给了他十三万块钱呢？”

“老板，您，您，怎么知道的？”

“我早就知道了，我今天上午先去的交通队，后去的医院，刚回来。”

韩长印头低得更低了，“老板，我错了，我鬼迷心窍，那两万块钱我马上亲自给他送过去。”

“不用了，你把那两万块钱送到我这儿来吧。”

韩长印哆嗦着出去了，不一会儿就把两万块钱拿回来，放在了桌子上。

韩长印垂着头，“老板，你处分我吧。”

李清泉指了指椅子，让他坐下，韩长印没敢坐。

“长印，当初让你当汽车队队长，是我相信你，相信你能够处理好事情。没想到你竟然弄虚作假，无中生有，还见死不救，耽误治疗，你这是见利忘义。你还克扣人家的赔偿金，揣进了自己的腰包。你想想自己做的这些事，哪一条不够逮捕的罪呀，你的良心都让狗吃了吗？你的所作所为是代表你自己吗？你代表的是咱清泉公司！公司的信誉和名声都让你败坏了，你知道吗？这损失有多大，你知道吗？一个人和一个企业如果没有了信誉，那谁还跟你打交道？没有了信誉，人家谁还来跟你做买卖？你自己说这是不是在坑害咱的公司？”

韩长印扑通一声跪在地上，“老板，我该死，任凭您处罚。”

李清泉叫来了两个儿子，先说了韩长印的犯错经过，并提出处理意见，不再任用韩长印担任车队队长，就地免职。通过这件事他再次强调了要时刻维护公司的信誉，凡是有损公司信誉的都要受到处罚。最后说:“换作是我，做了对公司有害的事，照样也要受罚。”

吃过打款打飞了的亏，李清泉让两个儿子时常去国外收购废品，直接租船运回来。货源有了保证，货的质量自然就有了保证。

李清泉的公司拉集装箱的卡车每天都轰鸣着进进出出，烧线的难题已经被电动粉碎机器彻底解决了。无论多粗、多细的电线，机器都能拆解，节省了大量的人力、物力。可是又一个突出的问题——污染，给人们又出了一道难题。

靠嘛来破解这道难题？只能是靠现代化技术和设备。

用机器拆解废电线，就是把这些电线粉碎后，机器自动把金属分门别类挑选出来，剩下的就是被粉碎后的电线皮，这些电线皮要用水洗干净后才能卖掉。粉碎电线的机器整天整夜地开着，洗皮子的废水也就被源源不断地排放出来。废水先是把村子周围的坑塘全都污染了，后来，污水又流入了沟渠和河道。难闻的臭味儿弥漫在空气中，人们被这味道熏得头晕眼花。污水流到哪里，哪里的鱼虾就死光了。鱼虾腐烂的臭味儿和污水的臭味儿挥之不去，人们无处躲避，只能忍受着、煎熬着。

看到老板发财，大家却整天在刺鼻的味道里受罪，人们就向县里的环保部门举报。上面要来检查，镇领导坐不住了，找来几个污染大户的头头们开会，要求他们立即停工，整治污水。

为了应对检查，几个人商量了一下，买来了好几车白灰，雇人全都洒进了沟渠坑塘和河道里面，臭味儿只是暂时消失了，水也被白灰暂时澄清了。可是水里连一只蚊子的后代都没有了，青蛙更是“断子绝孙”，听到一声蛙鸣都成了新鲜事，只有死一般的澄澈和死寂。等检查的人一走，这些场地照样开工，污水还是源源不断地流出来，臭味儿依旧，并随着小河的流淌方向飘向远方。污染后的河道中又有人倒垃圾，小河就变成了“垃圾河”。一天治理，十天污染，就这样，人们生活在废水、废气的折磨中，痛苦而又无奈地挣扎着。

李清泉又被县里和镇里的环保部门找来了，说想让他做一道“选择题”，一是停产，二是继续生产，但要想继续生产就得置办一套污水净化设备，排放的污水达标之后，才能继续生产。李清泉听完后，点了点头说：“我选第二套方案。”

李清泉的两个儿子都在公司上班，协助父亲管理业务。金属的价格是和世界接轨的，随着大盘的涨落而上下浮动。上次爆发的世界金融危机中，就有数不清的老板误判形势，一夜之间败了家。大儿子李恩众就专门负责关注大盘信息，为公司业务提供参考，二儿子李恩强负责联系业务，开拓国内外市场，兄弟俩每天沟通情况，共同为父亲的决策提供帮助。公司的粉碎车间停工了，李清泉就让两个儿子去做市场调研，又进行实地考察，花了几十万元买来了全国最先进的污水净化设备，设备安装后，从源头上彻底解决了水污染问题。既解决了本公司的环保问题，同时也为其他公司提供了参考样本。

清泉公司的纳税和利润连续两年在全县都排名第一，李清泉也被评为县劳模和市劳模。李清泉要上台领奖，李恩众知道这样的场合很正规，再看看老爸，连身像样的衣服都没有，就花了三千多块钱，给爸爸买了一身行头，西服、领带、皮鞋全都有了。李恩众生怕老爸不穿，提前好几天就跟老爸吹风："爸爸，你参加的表彰会，是市长亲自给你发奖，你得穿得好看点，要不就给咱清河镇丢脸了。"

李清泉脖子一梗，"怕我丢脸，我还不去了呢。站在台上让大伙儿看，就跟耍猴差不多，你以为我愿意去啊？"

"别不去呀，老爸，市长亲自给你发奖，多光荣啊。咱一定得穿得讲究些。您就别管了，我来安排。"

李清泉说："你就是穿成一朵花，你还是农民，满脑袋的高粱花子，有嘛用？"

开会前一天，李恩众才把新衣服、新皮鞋给李清泉抱过来，说只花了五百块钱。

李清泉一听就急了，"刚吃了两天饱饭，就烧得受不了了？不是跟你说了吗，我用不着穿新衣裳。穿上西服，脖子里钻风，怕冷；系上领带，勒脖子，喘不出气来；皮鞋板脚，穿上我都不知道先迈哪条腿了。哪样也不能穿，快退了去。我明儿个穿的衣裳，早让你妈准备好了。"

第二天的市劳模表彰大会上，李清泉第一个上台领奖，他依然穿着那件中山装，都已经洗得褪色了，领口的内衬也已经破了。市长把大红的证书颁发给他，并跟他握手，他把伸出半截的手急忙缩了回来，在衣服上蹭了蹭，才和市长握手。他手心里已经出汗了。李清泉本来不多的头发挓挲着，七根朝前，八根朝后，市长向他祝贺，他只是傻笑着，一个劲儿地点头。

和领导合完影后，他准备离开，主持人却叫住了他，“李大爷，首先祝贺您获得市劳模称号，市长亲自给您颁奖，此刻您的心情一定是很激动的吧。”说着，转身冲着会场说：“下面有请市劳动模范李清泉先生讲话，大家欢迎。”

李清泉没想到主持人会搞突然袭击，立刻涨红了脸，两只大手摇得像拨浪鼓，嘴张了好几下，愣是一个字都没蹦出来。台下的人鼓完了掌，会场静下来，人们等着他讲话呢。李清泉像一只老母鸡，屁股门上顶着个双黄蛋，出不来也回不去，憋得满脸通红，实在难受，终于憋出来几个字，“不，不会讲，只，只会干活。”

手像是被主持人递过来的话筒烫了一下，又丢给了主持人，快步逃离了舞台。市长接过了话筒，“这就是实干家，不善言谈，但他的企业是凭真本事干出来的，纳税和利润全县第一。我建议，咱把掌声再次送给李清泉同志和他的公司。”

台下立刻响起了长时间的热烈掌声。

要命的是，那天的表彰大会是现场直播，李清泉的逃场全市都看得清清楚楚，人们都被逗笑了。

李清泉回到村里，人们碰到他都会问：“你跟我们说话的时候，都是卖大盆的——一套一套的，怎么在台上就武大郎吃山芋——闷口了？憋了一顿宝，怎么才憋出了九个字。”

“你平时跟我们说话怎么那么能说呢？等到上了台，原来也是小葱子见不得价啊！”

李清泉听了也不恼，他说：“唉，我哪知道啊，开会前他们说让我说几句，我就说我不会说，我以为这事就过去了，哪知道主持人还让我说。我说个嘛呀，当时恨不得能找个老鼠洞钻进去躲起来。”

李清泉的企业出名之后，参观团、考察团像春天归来的大雁，一拨接一拨没完没了地到来，忙得李清泉整天忙于接待，都没有时间去车间了。来的人有县领导、市领导，还有临近区县的领导，也有外地来的客人。那些接待中要说的话，李清泉就像背课文一样背得滚瓜烂熟了。

这天，县长走进李清泉的办公室，打过招呼后刚坐下，不等县长开口，李清泉就说：“你就直说吧，要多少钱？”

县长听了一愣，说：“我没说要钱啊，我只是路过这里，进来看看你。”

“你们不都是要钱来的吗？开始都说是来看我，到最后都是拿着钱走的。你这个人真不实在，真的没事，我有钱，你说要多少吧。”

县长听了李清泉的话后开始琢磨，看来不少人真把李清泉当成了“唐僧”了，来剐肉吃的人还不少。而且他自己似乎也已经习惯了，来了不剐肉，他倒以为不正常了。

在县长办公会上，县长正式提出了干部不能去企业“剐唐僧肉”的要求。

第十八章

最近，“剐唐僧肉”的少了，可李清泉又成了香饽饽，邀请他出席的活动越来越多了。嘛活动呢？剪彩、典礼、开幕式等，李清泉很烦恼，可以推掉的就都推掉了。可这一回推不掉了，是县长亲自点了他的名，再推脱，就显得他不知好歹了，他只好硬着头皮应下了。

李清泉要参加的是全县经济工作会议，由他作典型发言。好在俩儿子都熟悉业务，很快帮他写了三大篇的讲话稿，让他背下来。儿子念一句，他跟着念一句，就像小学生背书一样。李清泉说：“你说这是嘛事啊，活了大半辈子了，还得重新上小学，重新背书，这不是成心要我好看吗？我就是小学毕业，非得让我假装成大学生，这不是蒙人吗？这就是让我受洋罪、出洋相啊。”

可县里说了，这是政治任务，还必须高质量完成。没办法，李清泉又背了一个星期，才背得比较熟了。

在大会上，李清泉第一个发言，效果也最好，台下的掌声一阵接着一阵。滨海市的记者和县电视台的记者全程录像、照相，李清泉站在台上，紧张得通身是汗。讲话结束了，李清泉两腿拌蒜，还直哆嗦，工作人员扶着他下了台。到了台下的座位前，就像刚刚卸下了千斤重担似的，他一下子跌坐在椅子上。

第三天，滨海市新闻频道就播出了李清泉大会讲话的新闻。电视播出后，这回村里人再看见李清泉，就说："行啊，这回出息了。上回开会说，不会说，只会干活，这回变得又能说，又能干了。"

李清泉说："我说你们那手里的家伙能不能换换？成天攥着个小铲子不撒手，一有空就敲会儿，能不能换一个别的？我看你们该换个大勺，不是有句俗话吗，叫吃饱了不认的大铁勺。"

晚上，李清泉好像想起了什么，拿起讲话稿翻来覆去地看，又拿出来会计给他的报表看了半天。他又要打电话找两个儿子，老伴儿赶紧拦着说："你看看都几点了，你不睡觉，别人还不睡啊。"

李清泉一看墙上挂的表，已经快十一点了，也就没打电话。这一宿，李清泉睡不着了，翻过来调过去的。老伴儿问他为嘛，他也不说，就是一句话"我这几十年的道行，都让这俩臭小子给破了"。

第二天一大早，李清泉就把俩儿子叫过来，让老伴儿去了旁边的屋子。他把门一关，就发起了庄稼火儿。第一句话还是"我这几十年的道行，都让你们这俩臭小子给破了"。

俩儿子大眼瞪小眼，不知道怎么回事。李清泉把一沓会计报表和俩儿子给他写的发言稿往桌子上一摔："这事你们不是最清楚吗？这稿子不是你们俩人捏咕的吗？"

俩儿子拿起几张纸，才看清在产值、纳税等几个数字上，李清泉用黑色的笔反复地画，画出了好几个大圆圈，就像一只只大眼珠子瞪着。俩儿子松了一口气。

李恩众说："老爸，千万别上火，您这回表现得很棒。"

"别废话，说有用的。"

李恩强说："老爸，您听我细说。刚开始，我们哥儿俩就是按照这一沓报表写的具体数字，上面看了，说不行，得修改。他们给了数字，我们又按那些数字改的。"

李清泉说："他们这是吹牛不上税，这不是满嘴跑火车吗？咱这个公司一年出多少铜、铝，交多少税，都在我肚子里装着，也在你们哥儿俩肚子里装着。我就是猴子敲锣，让人家给耍了，还腆着个大脸在那儿叭叭呢，叭叭一顿都是假的，这不得让人家笑掉大牙吗？你们俩小子知道了还不提前告诉我，告诉了我，打死我我也不上台啊，这不成心看我出丑吗？"

"您别生气，那些数字不就是个数字吗。我想咱用不了多长时间，就能达到那些数字。您就别生气了，别老跟自个儿过不去。"

李清泉把火儿往下压了压，说："你们哥儿俩还不知道吗？我从来就没说过瞎话，有嘛说嘛。没想到老了老了，倒开始现世了，还现出了圈儿，现到电视台去了。"

俩儿子又劝了半天，李清泉才不生气了。可是从那以后，再有任何开会的事，谁说出大天来，他也不去了。他想，让我说瞎话，做蒙人的事，甭想了。谁爱去谁去，反正我是不去。

李清泉看俩儿子能吃苦，业务能力强，当然高兴。不过也有担心，担心他们缺少远见，背地里翘尾巴，就时不时地敲打敲打。

李清泉就喜欢在吃饭的时候跟两个儿子唠叨："咱们现在虽然有点钱了，但一定要走正道，不能胡作非为，胡花乱花，不能坑蒙拐骗，更不能违法乱纪。一个人也好，一个老板也好，做人都要有标准，首先是要对得起自己的良心，做事要公平公正，不能干昧良心的事，你真诚地对待别人，时间长了，再奸诈的人也不会对你使手段了。再有，喝酒要有度，客户来了，陪着客人吃饭、喝酒可以，但不能酒后胡言乱语，更不能酒后乱性。不能做对不起家族的事，不能做对不起父母和妻子儿女的事，不能做缺德的事，这就是我对你们哥儿俩最基本的要求。你们都念过大学，喝的墨水比我多，见识广、眼光高，我说的都是庄稼人的大实话，你们理解问题的方式应该比我更好，业务能力也比我强得多。所以我相信你们哥儿俩做得会比我说得还要好，要求自己的标准比我希望的还要高。"

见俩儿子不住地点头，李清泉又说："你们看看那些拆废的暴发户，发财快，败家更快，这样的教训太多了，在咱身边就有十几个、几十个这样的例子。要发财，运气很重要，但更多的还要靠辛苦，靠信誉，靠自信。败家又是怎么败的呢？一是得意忘形，有了钱就找不着北了，出手比阔气，但没有把钱用在正道上；二是轻信小人，你自己如果忘了本，那些小人就会有机可乘，贴到你身边，假装套近乎，真正为的是占便宜。听惯了小人的甜言蜜语，就听不进家人和朋友的劝告，鬼迷心窍，换车、换房、换媳妇，那些小人把你的钱糊弄到手之后，你变成了穷光蛋，他还会围着你打转转吗？他早就另攀高枝了。赢得一个好名声也许得十年八年，但是败坏一个好名声也许就在一夜之间，而且坏名声一旦传出去，就像一张白纸上溅上了污点，再怎么洗都洗不掉了。”

这天，李清泉又和俩儿子聊天，问他们：“你们哥儿俩都听说来子的事了？”

俩儿子都点头。

来子是邻村的一个小伙子，三十多岁，媳妇给他生了个胖儿子，都五岁了，长得虎头虎脑的。来子从小就又高又胖，模样也好，好交际。这些年，来子和几个哥儿们也茬着伙儿拆废，赶上那几年铜价不断上涨，几个人也都能吃苦，就赚了不少钱。来子的座驾也由最早的三马车换成了大发，大发又换成了二手小轿车，二手小轿车又换成了奔驰。来子有了钱后，就有点飘了，花钱更大手大脚了。他平时就爱交朋友，现在更是常常带着关系不错的哥儿们去酒店吃喝，去歌舞厅唱歌。一来二去，出手阔绰的来子哥成了妹子们的摇钱树，他身边的美女就走马灯似的换来换去。只要听说哪个饭店或歌厅来了漂亮的小姐，来子必然会去捧场。小姐们当然更给面子，抱着来子哥一摇，钱就哗啦哗啦往下掉，谁不往上贴呢？陪吃、陪喝、陪舞、陪睡，来子天天左拥右抱，处处为家，真正的家倒成了旅馆，媳妇跟他吵架也管不了他。

这天晚上，已经十一点了，来子和几个哥儿们还在喝酒。突然手机响了，他嫌屋里吵，就走出去接电话。回来就说，你们哥儿几个接着喝，我得出去接个人。他说，一个妹子要回老家，让我先去接她，然后送她去滨海机场。大伙儿就劝来子，天这么晚了，你又喝了这么多酒，就别去了，你给她钱，或者给她找个出租车不就行了？他说，那哪行啊，这个妹子对我别提多好了，让别人去，我还真有点不放心。大伙儿劝不住，就只好让他去了。不想，第二天上午就传来了信儿，来子死了。

原来，一大早，在大公路上过路的人发现，距离东庄几里地远的沟里有一辆汽车，四脚朝天倒扣着。有人就赶紧报了警，警察透过已经粉碎的玻璃看到了驾驶室里有人大头朝下，摸了摸人，发现他早已经僵硬了。根据汽车的牌照号，警察通知了来子的家人。他弟弟、他媳妇和亲戚来了一大帮人，来子媳妇看到来子的惨状，号啕大哭。车翻到了公路旁边的沟里，车和人都已经被压扁了，大伙儿只能叫来吊车，把车和人一起吊了出来。

李清泉接着说："你们说来子是怎么死的？"

"不是车祸吗？"

"那这场车祸是怎么发生的？"

李恩强说："是因为他三更半夜去接小姐。"

李恩众说："主要是来子有钱了就飘了，不踏实，不好好跟媳妇过日子，整天去外面吃喝玩乐。"

李恩强又补充说："要不是那天晚上有人打电话，他也不会送了性命。再加上喝了酒本来就迷糊，三更半夜的，对路况又不太熟。"

李清泉说："你们哥儿俩说得都对，说白了就是有了钱，他自己就胡作非为，把自己送上了绝路，完全忘记了过去创业的艰难，也忘了还要继续创业。不想着把企业提升到一个新的层次，这就是目光短浅。你们一定要时刻记住这个血的教训。"

哥儿俩都认真点了点头。

李清泉咳嗽了两声，李恩众端过水杯，李清泉喝了一口水，接着说："我再给你们讲一个真正的大老板，看他是怎样做的，你们就知道咱们和人家还差着几个层次。"

李清泉讲的这个人是滨海市拆废行业中做得最大的老板，姓韩，这个韩老板有多少场地，别人不知道，有多少钱，更没人知道。只知道码头上每天都有韩老板的船停在岸边卸货，而且给他送货的船在海上连续不断。他的货场都在码头边上，堆积的货物始终像小山一样，这里每天从早到晚都是人来车往，货物卸船的速度远不如被人买走、拉走货物的速度快。

"你们说，这样的买卖赚的钱还有数吗？可人家韩老板却始终保持低调，去哪都是自己开个旧桑塔纳，从不显山露水。2007年到2008年世界经济危机爆发了，刚开始，他的货场每天从早到晚照样是人来车往。后来，有色金属价格急剧下跌，小老板们一下子都赔了个精光，那些大老板们也都被套住了，拼命地往外甩货，也没人敢买。因为价格一天比一天低，卖得越多赔得越多，人们就都洗手不干了。赔得少的抱着脑袋发愁，赔得多的也有跳楼的。可是韩老板依然每天都在进货，有人劝他赶紧收手，千万别再进货了，他却说，现在的货是最便宜的时候，要是不趁机多囤点，那才是真正的傻瓜呢。他不光继续从国外进货，还在国内大量收购铜，一时之间被许多人耻笑为'韩疯子'。敢这样做，靠的是什么？靠的是你根本就想象不到的头脑和实力。"

李清泉又喝了一口水，"我去过他的场地，几百亩大的场地，铜板、铜线在阳光的照射下闪闪发光，就像一座座金山。集装箱像城市的楼房一样，一层层、一片片，一眼望不到边。那一刻，我被深深地震撼了，这就是实力，雄厚的实力，这才是真正的行业大佬。咱的企业在清河镇还算是不小，我为什么还要鼓励你们继续扩大规模？因为咱们的企业跟人家韩老板的没法儿比，人家是大海，咱们连一个小水坑都算不上。经济危机有所缓解了，有色金属的大盘开始上涨，人们又开始买货了，他就开始往外卖。他进货时价格低，现在一卖，当然钱就赚多了。他囤的那些货赚了多少钱，恐怕他自己都数不过来。咱这一辈子也不可能把生意做得像韩老板那样大，但不影响咱们向他学习，学习他的低调、沉稳，学习他的胆识，这样才能把咱现在的企业做得更好。再琢磨琢磨，以前咱们哪些事做得对，哪些地方得向人家重新学习。公司要有大发展，作为掌舵人，就要有比别人更好、更多的新想法。”

李清泉举的这两个正反方面的例子，让哥儿俩心里都有了深深的触动和思考，他们各自想着心事，听着爸爸的话，频频地点头。

第十九章

在李清泉的两个儿子看来，老爸说的话就是他们的精神财富。虽然上过大学，可是这些人生感悟大学课本里是没有写的。哥儿俩继承了李清泉骨子里的优良基因，又一天天听着他唠叨，都尽心尽力地干事。

又过了三年，李清泉很欣慰两个儿子能够紧密合作，把公司打理得井井有条。他就提出了退居二线，把公司交给兄弟俩掌管，李恩众被任命为董事长，李恩强被任命为总经理。兄弟俩后来经过市场调研，扩大业务范围，又开办了一个汽车配件公司。

李清泉跟哥儿俩交代，“公司的管理交给你们俩，你们要正干，要实干，一切以公司的发展为主。你们要有主见，不能随大流。要记住我时常跟你们唠叨的话，怎么为人处事，怎么讲信用。我在后面看着你们俩，你们要是真不行，我就把你们俩拨拉到旁边。我现在就学学乾隆，当一回太上皇。你们俩现在要说不行，我就还接着干。”

李清泉的公司上了新设备，不用再烧线了，可像他这样的公司只是少数，大部分老板还舍不得花几百万块钱上新设备。

拆废场地大多还在偷偷烧线，靠上传下达的会议政策根本执行不到位，也不能从根本上解决环境污染问题。市里和县里的主管领导专门去北京，多次请专家论证，终于启动了金海环保产业园的建设工程。县里大力支持，县长带领各个职能部门现场办公，开绿灯直接解决问题。统一征地后，不到一年的时间，基础设施建设就已经全部完工了。政府就号召拆废场地都搬到产业园区，在这里建厂房。李清泉俩儿子的意见是，看看再说，不当第一个搬迁的，也不当最后一个。

李清泉却说：“不行，这件事我说了算，别看我退居二线了，可这件事关系到公司的发展前途，这事儿你们俩都得听我的。”

李清泉第一个反对搬迁，他说：“环保部门来检查，下边场地就都不让干活了，只能停工停产。在下边干自己说了还算，进了园区一切都得听人家的。要是上边又三天两头来检查，咱的小命就捏在了人家手里，想让你停多长时间就得停多长时间，想怎么摆弄你就怎么摆弄你。要是让你停个一年两年的，你有屁招啊？咱就给他来个任凭你有千变万化，我自有个人的一定之规。再说自己的场地，一分钱花销也没有，入园还得交租金、水电费、管理费，还不知道有多少项呢，哪一项都需要钱。”

他跟正在犹豫是否入园的老板们说：“上有政策，下有对策。说是搬家，哪有那么容易？每个场地都有货、底子、车辆、工具，多少东西啊，你以为像屎壳郎搬家，只推着个粪球走就行啊，哪有那么简单啊。恐怕所有的场地三年五年也搬不走，也都搬不尽。当年那些检查做鞭炮的不也是一样吗？开头也是一刀切，一个鞭也不让做。都不让做了，人们天天喝西北风啊？胆儿小的、听话的就真不干了，一家人天天围在一块儿发愁，发愁天上也不会掉馅饼。老虎拉碾子，我不听他那一套。村里不让做了，我就把鞭炮作坊搬到了大洼里，效仿当年地下党打游击。我的作坊地点有三四个，你查东边，我就在西洼干，你检查南边，我就在北洼接着干。那几年，别看我到处打运动战，也没少赚钱，哪年也得挣几万、十几万块钱的。这些年风风雨雨不都过来了吗？这回我还是照方抓药，坚守老根据地，绝不随大流。船小好调头，看好风向再说吧。”

有的人点头，有的人则不以为然。

晚上，李清泉睡不着了，他在想，不进园区这个决定是对还是错，快到后半夜才睡着。刚睡着又做梦了，他先梦见了弟弟，弟弟的脸上和手上流着血，那血还在往下滴……又梦见了母亲，母亲脸色青黄，眼窝深陷，正用瘦得皮包骨头的手拉着他的手，断断续续地说：“小，小泉呐，今后，你，你可得照顾好，你弟弟啊……”

李清泉激灵一下打了个冷战，一骨碌坐起来，这是母亲临死前说的最后一句话，他一辈子也忘不了。一看表，半夜两点半了，他再也睡不着了，往事像电影一样在眼前一幕幕映现。

那个冬天夜晚里地动山摇的巨响，又在他的脑子里炸响了。

那年冬天特别冷，晚上，北风呼呼地刮着，像一只怪物在怒吼，狂风吹起的土坷垃、细树枝打在玻璃上啪啪直响。爹娘去仓库里装车了，要把做好的鞭炮卖掉。李清泉和弟弟在老房子里揞鞭信子，手都冻得直哆嗦，根本捏不住信子，不一会儿就麻木了，就得搓搓。尽管穿着棉鞋，可脚就像站在冷水盆里一样冰凉。为了安全，屋里根本没有生炉子，也没有烧大炕，只有一盏昏黄的十五瓦的灯泡在头顶上亮着。兄弟俩边干边聊天，已经十点多了，每天哥儿俩都是十一点回家睡觉。又干了一会儿，李清泉晚上多喝了两碗汤，憋不住了，要去尿尿，就走到当院里方便。他还没系好裤子，就听到耳边砰的一声响，接着，窗户的玻璃全都碎了，玻璃碴飞溅出来，一股浓烟也蹿了出来。

他一愣，高声地喊着："兄弟，兄弟。"几步就窜进了屋里。屋里全是烟，什么都看不见，他摸着摸着，在地上摸到了弟弟，不顾一切地抱着弟弟往外跑。到了院子里，猫腰背起弟弟就往家里跑，边跑边喊："爹娘，不好了，我弟弟被烧着了。"父母和乡亲们听到了呼喊声，跑了过来，把弟弟接进屋里。弟弟躺在炕上，才看清他的脸上、身上全是血，母亲拿棉花沾着水给弟弟擦着脸，弟弟疼得直叫。父亲吼一声："先别擦了，快上医院吧！"就借了一辆千斤车，把弟弟送进了医院。

得了空，父亲问李清泉："怎么回事？屋里也没有生炉子，鞭是怎么着的？你们俩是不是玩儿火了？"

李清泉赶紧摇头，"没有，真没有。我出去尿尿了，屋里就爆炸了。”

父亲又问弟弟，弟弟说：“我正低着头揞信子，就听见‘嘭’地响了一声，灯就灭了，接着鞭就着火了。”

李清泉的父亲一听，立刻到老房去看，只见满屋都被熏黑了，那盏灯泡已经碎了。后来推测可能是因为屋里太冷了，把那只灯泡冻裂了，灼热的玻璃碴掉下来，正好掉在地上已经揞好了信子的鞭盘子上，就把鞭引着了。万幸的是因为刚刚揞上信子，还没有砸信子，所以被引着的鞭药只是向上喷发，没有横向爆炸，爆炸的威力不算太大。弟弟的脸和手都被烧伤了，落下了终身的残疾。虽然多次住院，还经过了整容，弟弟的脸上还是能看出被烧伤的痕迹。这件事成了李清泉一生都无法原谅自己的心结。

制作鞭炮是河湾村的传统产业，村民已经干了几十年了。在生产队时，社员们除了种庄稼，副业就是做鞭炮。壮劳力都下地干活了，一些体质弱的老人和妇女就拿着工具在大街和胡同里刮地皮表层的土，那里面就含有硝。把刮下来的这些土放在大锅里加水烧开后熬，就能分离出白色的硝。这就是刮硝、熬硝。

制作鞭炮的黑火药的配方是一硝二硫三木炭，硝可以自己熬，硫黄需要去买，木炭也是自己制作。制作鞭炮的黑火药的过程也很危险，硝、硫黄和木炭都要分别放在碾盘上，用碌碡轧碎，再用细罗筛出细末，把这些细末按一定的比例放在一起，搅拌均匀。在鞭药的配制和搅拌过程中也要十分小心，否则也会引起爆炸。为防止发生爆炸时连累到别人，家家户户都在村子外面临时搭建一个简易棚子，轧药、配药时都在棚子里进行。将鞭炮药灌入鞭筒子里后，把鞭炮药镦实和砸信子的过程中也有危险，操作稍有不慎就会发生爆炸。

每逢提起这件事，李清泉总说：“我怎么就赶在那会儿去尿尿，只把弟弟留在了屋里呢!”

从那以后，无论干什么活，李清泉都抢着重活干，把轻松活留给弟弟。后来他拆废，就让弟弟在自己的场地记账并管钱，之后公司越做越大，就让弟弟做了公司的财务总监。

做鞭炮的路被堵死了，人们才又找到了拆废这条道。

李清泉又到处打听，他怕这条道也会被堵死。不入园，还可以有退身步，可园区就在那，让李清泉还有点惦记着，他经常打听园区内的消息。

李清泉还打听到园区有许多优惠政策，当年入驻园区的企业可以免税三年。许多场地的老板们都一窝蜂地搬进了园区里，就只有他李清泉还坚持在自己的老场地里继续干。不搬迁，他场地里天天来县里镇里派来的人，有环保的、税务的、工商管理的、市场监督的，等等。有时一天就来好几拨，都动员李清泉搬家。可是李清泉就是认准了一条道，就是一根筋，他偏不搬，甚至说你们要是真不让我干了，我就停产关门。他还是坚守据点，艰难地支撑着。可是来他场地买货的客户越来越少了，来这里找活干的工人也越来越少了，当然，李清泉公司的效益也就一天不如一天了。李清泉也很苦恼，他不知道自己可以撑到哪一天。

这天，他就和两个儿子商量，能不能有更好的办法。大儿子李恩众欲言又止，李清泉催了好几回，他才吞吞吐吐地说："知道您老人家向来就不喜欢也不相信风水，也就没说。早就有朋友给我介绍说，他认识一位了不起的风水大师，能替人指点迷津，好多大老板都抢着请大师去给看场地、看财运，很灵验。"

李清泉本来不信，几十年都是凭本事干过来的，都是靠玩儿命拼出来的，钱也没少挣，也没有请过一个风水先生。可是现在面临着的很多事，又让他有点拿不定主意了。如果还坚持在原来的场地继续干，没有客户，没有工人，怎么干呢？周围许多的小场地如今已是人走场空，只剩他孤零零的一家，再加上这些检查的、督导的人员刚走一拨又来一拨的，想想自己还真是有点应付不过来了。两个儿子一撺掇，于是他就点头同意请大师来看看了。其实他也是出于好奇，就想看看这个神秘人物到底是何方神圣，究竟有什么真功夫。

过了几天，李恩众领来了那位神秘人物。大师终于走进了李清泉的办公室，李清泉一打量来人，有七十多岁了，留着花白的胡须，头发也都是白的，根根直立，两只眼睛眯着，穿着干净得体，还真给人一种仙风道骨的感觉。大师没有开口，先端详李清泉一番，才说："老板天庭饱满，地阁方圆，是福相啊。"

李清泉也没说话，心里想算命的瞎子都是这样夸人的，你这套蒙不了我。

“只是年轻时命运坎坷，创业艰难。到了中年，准确地说是四十来岁，你就站稳了脚跟。”

“你还是先转转我的场地吧。”

李清泉和两个儿子领着大师在场地转，走到东边时，大师对着李清泉说：“近几年，你的财运时好时坏，特别是今年，和过去相比，你的财运又差了不少吧？”

李清泉一想，还真是这么回事，就问大师这是为嘛。大师一抬手，指着那棵大槐树，“问题就出现在它的身上，大树一枯，这个场地的风水就耗尽了，你的财运就开始走下坡路，而且会越来越差。”

李清泉一想，可不是吗，这棵大树被他熏死，到现在已经好几年了。现在赚钱不如刚开始赚钱那么容易，也不如那时赚得那么多了。李清泉听了，对大师的水平有了点认可。转了一圈后，又回到了办公室。大师说，李清泉场地坐落的方位和门口的位置都对，影响财运的，主要就是那棵大槐树。

李清泉急切地问：“那就没有别的办法补救了？”

大师摇了摇头说：“怎么补救啊，几百年的日月精华滋养出来的青枝绿叶，你说还能有别的东西能替代它吗？”

李清泉颓然地低下了头，“那我得怎么办，财运才能像以前那样旺呢？”

大师伸出竹枝样枯瘦的手指，用大拇指在其他四个手指关节上掐算着，忽然他的眉头一皱，大拇指在指节中间不停地快速上下移动，周围的几个人连大气都不敢出。过了一会儿，他的眉头才逐渐舒展开来，李清泉揪着的心也放下了。大师眯着的眼睛突然睁大了，射出了一道光，李清泉先是一惊，又赶忙追问："有法儿了，大师？"

"有，有，有，"大师开口了，"俗话说人挪活，树挪死，现在只有一个办法。"

"嘛办法？"

"搬家。"

李清泉一拍脑袋，"往哪搬呢，大师？"

大师眯着眼沉默了，像是思考，又像是在和神灵沟通。李清泉睁大双眼盯着他看，心又被提了起来。

"由此往正北方向。"

"那不就是开发区吗？"

"是吗？我不知道什么是开发区，我只知道北方为玄武，是坎宫位，而坎宫五行属水，水在风水中又象征着财气，所以只有往北，才能使财气恢复。"

"往北多远？"

"请李老板报上你的生辰八字来。"大师听完了李清泉报的八字，又掐算了一会儿，"八里。"

"北面八里，正是开发区啊。走，大师，咱现在就去看看。"李清泉对大师的话已经深信不疑了。

李恩强开着车，拉着几人来到了开发区。

开发区宽阔平坦的道路都是四车道、八车道的，人来车往，很是热闹，建成的和正在建设的厂房层层叠叠。李清泉是第一次到开发区里边来转悠，自从进了开发区，李清泉的眼都不够用了，一直在东张西望，他越看周围的景致越觉得痛快。他们来到园区管理处找到负责人，打听现在还有没有空地。负责人是个小年轻的，说："你们怎么不早来呢？现在企业入驻的基本上都已经差不多了。"

李清泉一听急了，"什么叫基本上？既然基本上没有了，那基本下就一定还有，对吧？差不多了，那就是说最少还差一个，对不？"

小年轻的被李清泉的话逗笑了，"有倒是有，就还有一块儿。"

"有就行，有一块儿就是我的了。"

"您别着急，听我说完。确实还有一块儿地，不过已经来过好几拨人看过了，这块儿地给谁，现在还很难说，我们也得商量商量。"

"你们就甭商量了，我要定了。"

"依我看，咱们还是先去看看那块儿地，就在园区的最北边，好几个人……"

"打住，别说了，不是最北边的我还不要了呢。现在，马上，就去看。"

小年轻的和大师对了一下眼，俩人眼里都有不易察觉的笑意。大伙儿走进了那块儿空地，荒草丛生，有五六十亩大。李清泉盯着大师看，见大师没说话，只是不停地点头，他的心里就有谱了。

李清泉跟小年轻的说：“这样，我们商量商量，一会儿就回话。”

小年轻的开着车走了，李清泉一把拉住大师的手，“大师，怎么样？”

“这块儿地我看很好，这地方也正好是在整个园区的北面，还是坎宫位。在这里建厂，保准财运亨通。”

“好，好，大师，我相信你，就按你说的办，这块儿地咱要定了。”

随后，李清泉就又坐车来到了园区管理处，找到这个年轻人，二话没说就让二儿子交了定金，然后催着儿子马不停蹄地办理入园手续。接着就请人来规划设计，建筑公司的大型机械设备就轰鸣着开进了工地。

园区特地为清泉公司入园举行了一个热闹的开工仪式。

第二十章

开工仪式就在那片空地上开始了，这片曾经长满了荒草的空地，现在却变成了新模样。一面鲜艳的红旗在空中迎风招展，一挂长长的鞭炮噼里啪啦地脆响，红红的纸屑飘落下来，像一只只蝴蝶在翩翩飞舞。镇领导、园区领导、村领导和已经入驻的许多企业老板都来现场祝贺，李清泉笑得很开心。

不到一年的时间，厂房、办公楼的几幢主体建筑就完工了。宽阔的大门口旁边，清泉再生资源公司的大牌子很是显眼。公司正式运转以后，果然形势大好。李清泉望着每天进出不断的车辆，听着各个车间的机器“唱歌”，看着会计给他送的营业额报表，他相信自己搬进开发区的这一步又走对了。要不是自己前面不断地坚持，怎么会鬼使神差地得到这块儿地？这块儿地似乎就是冥冥之中给他留下的一块儿最好的风水宝地，自从搬到这块儿地，他的财运挡都挡不住，不仅又恢复了曾经在大槐树下的辉煌，还达到了自拆废以来的最高水平。

李清泉不知道的是，早在几个月前，开发区的那个小年轻的和镇领导就已经开始运作了。他们和李清泉的两个儿子谈了好几次，让他们做李清泉的工作，争取早日迁入园区。可是李清泉的固执让两个儿子也头疼，几个人绞尽脑汁，最后还是小年轻的出了这个主意，并亲自导演了这样一部精彩的大戏。主要演员风水大师演得有模有样，几个配角配合得天衣无缝，幕后总导演还亲自走到了台前，本色出演了园区管理处负责人。这出戏导得缜密，演员演得传神，观众李清泉同志还很配合，很快就进入了剧情，走进了提前给他设计好的角色。难题解决了，园区领导和李清泉儿子始终也没有把真相告诉他。

在公司迁入园区三周年的时候，举行了盛大的纪念活动，大儿子喝多了，一高兴才把实情秃噜出来。

“老爸，你不会责怪我们哥儿俩吧?”

李清泉听了，愣了一下，接着就哈哈大笑起来，“我得感谢你们哥儿俩和那个小年轻的，开发区的基础设施建设得多好呀，大道那么通畅，出来进去多豁亮啊，咱们来这儿就对了。咱原来的场地是不错，说不错也得分跟哪比。场地里都是货，拉集装箱的大卡车想调个头都费劲儿，每次办手续还得跑好几个地方，多麻烦啊。看现在，政府早就替咱们想好了，政府部门连同海关都搬到了开发区现场办公，咱们来这儿省了多少事啊。入驻开发区就是靠近了财神爷，为嘛咱来的这三年一年上一个新台阶？都是因为拆废企业都集中到了这里，这就是团队优势。再加上电视、广播和各种媒体的大力宣传，使金海环保产业园的名声和影响力越来越大了，各地大大小小的客户都往这儿来，可以货比三家做买卖。开发区的面貌和气派就是对客户最大的吸引力，而入园的企业又都是合作共赢的伙伴。”

“行啊，老爸，咱入园这三年，您老人家的学问一天比一天见长，一口气就说了这么多新名词，比我都强，我真服了。”李恩众激动地说。

李清泉笑着拍了一下儿子的肩膀，“去去去，别拍马屁，一会儿你把我都吹到漫天云里去了。哪天下雨，咱不知道，自个儿有几斤几两，我还不知道啊。我天天学习，也赶不上形势的发展，再不学习，就真是牵着毛驴去拉飞机，让人家笑话死了，也得被时代淘汰了。我学得再好也没用了，都这么大岁数了，往后公司的发展，就看你们哥儿俩能不能甩开膀子干，再露一鼻子了。”

李清泉的两个儿子听了老爸的话后，都非常高兴。

李清泉还想接着说，突然咳嗽起来，一阵咳嗽过后，又有点喘。俩儿子要送他去医院，他摆了摆手，指了指床头柜，李恩众明白了，从里面拿出止咳药，给爸爸吃了下去。过了一会儿，不再咳嗽了，他又接着说：“甭去医院，我自个儿知道，拆废烧线这么多年，天天和废品、浓烟打交道，能有个好吗？不用查，我就知道是肺出了问题，去医院看也是白看，没法儿治。你数数，咱们村里得肺癌死去的人得有十几个了吧。人们的生活就倚仗着拆废，不拆废就没有收入，可身子骨不行了，得了病，一辈子就算交代了。再说人们只顾眼前利益，拼命地拉废品、拆废品，其实这是在挖坑埋自己啊！空气被污染了，地下水被污染了，土壤也被污染了，可是人们每天都要生活，都得吃饭、喝水、喘气，谁也不能把脖颈儿系上，把鼻子眼堵上呀！实际上，人们每天都在受伤害。”

李恩强抓住李清泉的手，“爸爸，您刚不咳嗽了，歇会儿再说吧，咱上的新设备就是针对污染的。”

“没事，你们俩听我说完。进了产业园以后，机器粉碎、自动拆解筛选废品，才真正实现了无烟无味的绿色环保。想想前几年，多亏咱第一个安了那套污水净化设备，不然我的罪过就更大了。我也算创业成功了，钱也赚了不少，有得必有失，失去的就是我的身体。我比其他得病的人多了嘛呀，嘛也不多，疾病面前人人平等。现在我只是后悔，后悔自己当初没有去外面多走走，多学学。提前几年就用机器拆解废品，我也许就不会得病，全村人也许就不会有那么多人得病了。现在说什么都晚了，以我自己得病，去警醒那些只顾赚钱，不顾环境保护，不顾全村村民健康的人。这样的人将来就是千古罪人啊！”

李清泉说着，眼里已经噙满了泪水。

俩儿子望着白发苍苍的父亲，眼眶也湿润了。

不知不觉，连李清泉都说不清，怎么自个儿一下子就七十岁了。走到了古稀之年，头发都白了，皱纹更深了。为了给他庆祝生日，儿子们提前在饭店订了桌，邀请了亲戚朋友。他本来就喜欢热闹，也满心欢喜地期待着生日的到来。

李清泉像个小孩子一样，这几天特别兴奋，一会儿照着镜子捋捋头发，一会儿穿上新衣裳，让老伴儿看看是否合身，一会儿抚抚额头和眼角的皱纹，一会儿又照着镜子看看牙。他想，这是孩子们的一份孝心，过生日那天一定喝茅台，还得多喝几杯。

李清泉的生日到了，他没想到他的二儿子竟然把他的生日给忘了。

李清泉过生日这天，南方的一个客户要了两吨铜条，总经理李恩强发完了货，心里不但没有轻松感，反而有些纠结。因为只有他知道，这批货和客户要求的标准略有差别，但外行人根本就看不出来。货发走了，他反倒不踏实了，他想，假如客户用这些铜条生产的零件出现了质量问题，肯定要追查责任。

他一边想着心事，一边开着车回家，回到家里却见门锁着，就给媳妇打电话。就听媳妇在电话那头说："你怎么回家了，你这是什么记性？今儿个不是给爸过七十大寿吗？大家都在饭店里了，就差你了。"

"哎哟，我怎么把这事给忘了。"说完，他开车直接来到饭店。

只见饭店大厅中间的一个大桌子上摆着一个大蛋糕，一大家子人和亲戚朋友们都围坐在一起。他走进了饭店，不自然地和大家打着招呼。

从他一进饭店，李清泉就盯着他看。李清泉向他招了招手，并指了指自己身旁的座位。李恩强坐下后，李清泉问："怎么了，有事？看着你像心不在肝上似的。"

"爸爸，没什么。"

“还没什么，你那点小心思还不都在我心里装着。快说，有嘛事。”

“就是，就是，今天发了两吨铜条，我自己心里有点犯嘀咕。”

“到底怎么了？快说。”

“就是质量上稍微差这么一点点，不过您放心，不是内行人根本就看不出来。”

“看不出来也不行。人家既然订货，就是相信咱，咱就要对人家负责，赶紧把货退了。”李清泉提高了声调。

“爸，您别生气，仗着货不多，就两吨。”

李清泉突然站了起来，一拍桌子，一只玻璃杯跳了起来，掉在地上，啪的一声碎了，大厅里瞬间就鸦雀无声。李清泉清了清嗓子说：“别说两吨，不合格的货，一斤也不能往外发。发出去就影响咱们的信誉，咱们靠嘛赢得市场，就靠信誉。我告诉你老二，你要是行，你就接着干，不过现在得马上把货追回来；你要不行，你就腾地方，我接着干。别看我七十了，再干个十年八年的也不成问题。”

老伴儿赶忙过来劝说：“老二，听你爸的，快打电话。”

李恩强弄了一个大红脸，急忙掏出电话联系了司机，让司机调头把货拉回来。又给客户打电话，说尽了好话，请求对方谅解。

李清泉见儿子打完了电话，脸上才有了笑模样，一挥手说：“行了，正事办完了，开席。”

李清泉总觉得自己识字太少，更担心俩儿子见识短浅，时不时就敲打几句。公司进入园区前，俩儿子就觉得跟着父亲摸爬滚打这么多年，出哪门，进哪门，都轻车熟路了，就信心满满，好像用不了多久，就能把公司干到全世界五百强似的。李清泉却很不信任他这俩儿子，再三再四地说，开公司不是小打小闹，土包子不可能上卫星，咱也要学学大公司，敞开门，让有学问、有本事的来咱公司，让他们把好脑瓜都用在咱公司的发展上。

这天，李清泉主动把两个儿子叫过来，拿出一个油漆已经斑驳的匣子，从匣子里拿出一沓厚厚的纸，揭开一看，发黄的纸上是用小楷工工整整抄写着的中药药方。他说:“这是我爷爷留下来的，他是私塾先生，博览群书，又开中药铺，救济百姓。遇到家境贫苦的弟子，他就无偿地教授，遇到经济条件差的老人，他就免费医治。李老先生免费授课和治病的名声一下子就传开了，有的人把孩子送过来学习，有的人来看病，一时之间，屋子里人都装不下了。人们都给老先生挑大拇哥。”

李清泉见两个儿子都认真地听着，还拿着药方翻看，就又接着说:“人活这一辈子，没有钱不行，钱多了也得想明白怎么花，钱要花在刀刃上，我父亲、爷爷就是这样教育我的。我现在要告诉你们，这就是咱们李家的家风和传统。咱们的祖先也风光过，想不到传到我这一代，土里刨食的同时，竟然干起了收破烂儿的行当。刚开始我觉得辱没家风，可是我自己也没有想到，后来竟然把收破烂儿做成了一个大买卖，还成立了一个大公司。这是因为国家政策好，让咱发家致富了，咱也不能忘了国家，忘了乡亲。”

李清泉有空就念叨这些，他自己也只是说说，并不会写下来，也不想写。

俩儿子给父母安排了舒适的房子，他们整天忙于公司的业务，也顾不上照顾老人，就想给老人请一个保姆，负责做饭、洗衣、收拾屋子。

李清泉说：“咱们家族过去也用过仆人，现在咱虽然有钱了，可是有钱也不能这样花。等我俩动不了了，你们也顾不上，实在没办法了，愿意找保姆也不迟。只要我们能动，就自己干。”

李清泉的俩儿子打算把老爸当年创办企业的艰难经历展示出来，以便更好地教育子孙后代。便计划筹建厂史馆，再给老人建造一尊雕像，刚小心翼翼地说完筹建计划，李清泉一瞪眼，“人死了才修庙呢，才塑泥胎呢。谁家给活人弄个像供着啊，别尽弄那些没用的。”

儿子还是请来设计师给父亲照相，可是他板着脸，没有一丝笑模样。二儿子只好背地里为他偷拍了几张，背着他找到了著名的雕塑家，让他按照片去塑像。

李清泉说：“你们还是把精力都用在公司的管理和发展上吧，我老了，将来就得指望你们哥儿俩露一鼻子了。”

俩儿子还真没有让他失望。

第二十一章

俗话说，龙生龙，凤生凤，老鼠的儿子会打洞。李清泉的俩儿子都不含糊，在父亲的影响下，生意也干得风生水起。

随着公司规模的扩大，李清泉的两个儿子出资购买了新的机器，全是自动化的流水线，把废旧物放进去可以进行自动拆解。不光能拆解电线，连冰箱、洗衣机、汽车等都能拆解，不能拆解的再粉碎筛选，加工成其他产品的原料。

先进设备对李清泉来说是新鲜的，他高兴、感慨，自己得了病，受了害，期待工人们不再受害。

这天晚上，吃完了晚饭，李清泉打开了电视，中央电视台正在播放“新闻联播”。他突然站起来，凑到了电视跟前，电视里正在播放金海环保产业园里的画面，他还看到了清泉公司的牌子和两个儿子介绍产品的镜头，就喊老伴儿赶紧来看。伴随着画面，播音员字正腔圆的一段话更深深吸引了他，“国家循环经济试点园区、国家废旧电子信息产品回收拆解处理示范基地金海环保产业园被誉为没有污染的矿山。产业园出产铜、铝、铁、塑料、橡胶等，园区现有企业120家，年吞吐量为100万至150万吨。每年可为市场提供原材料铜40万吨、铝15万吨、铁20万吨，橡胶、塑料20万吨，其他材料15万吨，形成了覆盖全国各地的较大的有色金属原料市场。”

李清泉高兴得直拍巴掌，他很激动，因为这些数字的背后也有他的贡献。

他最爱听机器的轰鸣声，最爱看机器工作，就跟变魔术一样。机器张着大嘴巴吃进去电线，吐出来却是铜米、铝米和橡胶颗粒，铜米金光灿灿，铝米银白生辉，橡胶颗粒五颜六色，世间还有比这些色彩更让人稀罕的吗？他抓起一把铜米，就像抓起一把金豆子，那么光滑，那么耀眼，他觉得自己走进了一座传说中的金山，乐得合不拢嘴。

俩儿子可以挑大梁了，李清泉也就乐得清闲，他在公司大院的东北角开出了一块儿小菜园，找回来各种农具，每天一大早就去侍弄他的菜蔬。十几个菜畦都种满了，回来吃饭时，就给老伴儿摘回来茄子、黄瓜、豆角、西红柿，吃都吃不完，老伴儿就让俩儿媳妇捎回家吃。他是农民出身，对土地格外亲近，这些年天南海北地跑着做买卖，根本没空到地里看上一眼，现在他老了，也有大把的工夫了，就天天长在菜园里。

这年春天，他想把去年种白菜的几个畦都种上蒜，阳光晒着菜畦，他心里和身上都暖暖的。他望着眼前的菜畦，思绪又回到了几十年前。

那也是一个春天，全家人去种蒜，种蒜得顶着凌碴去种。

爹就用划拉子划出一个浅沟，大地表层的土刚刚被太阳晒软了，李清泉他娘带着李清泉和弟弟往沟里按蒜瓣。种完了一畦，爹再用划拉子把沟背浅浅地划拉一下，土就盖住了蒜瓣，再用铁耙挠平后，一家四口就开始踩蒜了。踩蒜时，得侧着身子，脚横着向前移动，一个脚印挨着一个脚印，这时人人都像变成了一只只横着走的大螃蟹，只有弟弟在随意地溜达。爹走在最前面，他的脚印最长最宽；娘的脚印就窄一点、短一点，比爹的小了一圈；李清泉的脚印比娘的又小了一圈。弟弟不会踩，他的小脚印到处都是。李清泉看着这些大小不一的脚印，心里就暖暖的，一家人把脚印印在了同一个畦里，深深浅浅的脚印到处都是，也就把爱互相融合在了一起。蒜苗钻出土后，浇上两水，就开始疯长。蒜苗长到一拃多高的时候，就该出蒜毫了，麦子熟了的时候，也就该出蒜了。麦熟送饭时，捎上两头青苗蒜就着大饼吃，那才下饭。

李清泉的爷爷是一位老中医，早就想把自己的手艺传给儿子。可是李清泉他爹天生体格壮，长得虎背熊腰。老爹一让他背《汤头歌》，他就犯困想睡觉；一说下地干活，就精气神十足。爷爷只好摇了摇头，不再提给儿子传授医道的事。李清泉他爹种了一辈子地，而且是庄稼地的好把式。他十几岁就给地主当长工，整天种地，后来又在互助组、生产队种地，各种农活都会干。在地里能耠地、耙地、耩地、收割，夏秋时节，庄稼上了场，还能套上牲口轧场，还会扬场、打筛子、簸簸箕等。这些看似简单的农活，其中的技巧不经过长时间地练习、摸索，很难掌握。

打筛子李清泉就是跟着爹学会的。刚开始的两天，爹让他看着，自己摇筛子，摇了十几下后，眼看着那些和豆子掺和在一起的豆秸就被慢慢地转到了筛子中间，并且高高的鼓了起来，成了一小团。放下筛子，用双手一捧，那团豆秸就被清理干净了。可李清泉端着筛子无论怎样转，豆秸还是和豆子掺在一起，筛子底下只是漏下了一些细土渣儿。爹教给他，打筛子时，两只手要右高左低，让筛子有些倾斜着，旋转筛子时，前面的右手推，后面的左手拉，不一会儿就筛好了。见李清泉还是不能掌握诀窍，他就让儿子脱下了自己脚上的一只布鞋放在筛子里，让他按自己刚才说的方法去筛鞋子，什么时候能把鞋子筛得团团转了，那就会打筛子了。李清泉很好奇，就反复练习。开始时那只鞋子只是上蹿下跳，像一条被刚刚扔上岸的小黑鱼，后来，那只鞋子真的开始慢慢转圈了，而且越转越快，仿佛成了一只陀螺。

“行，小泉，你学会打筛子了。”爹点着头满意地笑了。

果然，李清泉把筛子摇了十几下，那些豆秸就抱成了团，被他捧了出来。

李清泉想着想着就咳嗽起来，他原来只是偶尔地咳嗽，现在却是黑天白夜都咳嗽，还呼呼直喘，吃药也不管事，谁劝他他也不去医院。两个儿子哀求，“爸，您老人家听话，就去医院看看吧，能缓解一下也好，就没有那么难受了，咱不能只坐在家里等着呀。”

李清泉听了这话，心里像敞开了一道缝，有点亮堂，有点心动了，终于答应了去医院。他们去了滨海市最好的医院。

在医院里为了订病房，李清泉又不愿意了。

俩儿子觉得这是表现孝心最好的时候，而且能通过治病给老爸最大的安慰。哥儿俩商量，一定给老爸订个单人间，说清静。

李清泉一皱眉，“住单人间就等于给我关监狱了，赶紧退了。我就喜欢热闹，人多了好聊天，多有意思啊。”

和李清泉同住在一个病房的还有两个人，一个叫郝国振，一个叫贾四海，俩人也都是肺病，三个人可以说是同病相怜吧。病号服一穿，就有了一个共同的身份——病人，不管你原来是农民、干部还老板。赶巧了，仨人都是清河镇的，岁数也差不了几岁，就更有许多聊不完的话题。仨人除去吃饭、睡觉，就算输着液都能聊得热火朝天。

这天，聊天会又开锣了。郝国振大几岁，他慢悠悠地说：“你们知道嘛叫翻砂吗？我原来就是翻砂工，在钢磨厂上班，国营单位，工资不算高，听着不错，可就一样，活儿累人。这个活儿概括起来说就是又脏，又累，又危险，而且完全是靠手工。翻砂得先用耐火砂做成模具，再往模具里灌铁水，就成了钢磨上的铸件。做模具要先在耐火砂上喷水，然后过筛子，这样才能保证耐火砂的湿度和透气性。做模具的时候，要留出气孔，有的地方还得扎气孔，这些都很关键，否则就容易出残次品或者发生危险。”

贾四海说：“你说的这活不好干。”

“是啊，一般情况下，造型需要两天半的时间，到了第三天下午就开炉了。开炉就是把炉中的铁熔化成铁水，先让铁水流进大包中，大包可以盛二百斤左右铁水，需要两个人来抬。把大包抬到铸件附近，两个人搭着再往小包里倒铁水，小包就是一个长把的大铁勺，铁勺中用耐火土做出一个护套，每个小包可以盛四五十斤铁水，再加上自身的重量也得有八九十斤，然后每人端着一个小包，往模具里浇注铁水。铸件冷却一夜，第二天上班后再把沙子扒开，把铸件拿出来，就又要开始给砂子喷水、过筛子，准备下一轮的造型了。这项工作也很危险，一不注意就会被铁水烫伤，虽然工作时都穿着劳保的翻毛大头鞋，鞋上面还罩上一层帆布，但是往大包里放铁水和往小包里倒铁水的时候，铁水容易喷溅出来，发生烫伤。再有，大包或小包的耐火土套中，不能有一点水分，否则铁水也会喷溅出来，烫伤自己或周围的人，两千多摄氏度的铁水喷溅到身上谁也受不了。用耐火土套完了大包和小包之后，都要用劈柴烤干，再放两天之后等着开炉用。如果沙子的透气性不好或者造型时留出的透气孔不当，浇注铁水时，模具里面的空气往外排得不顺畅，就会从注入口往外喷，空气就推着铁水喷溅起来。铁水有时候会落到劳保鞋上，然后滚入鞋子里，这时候即使你飞快地解鞋带脱鞋子也来不及了，铁水已经牢牢地黏在你的肉上了，这就形成了烫伤。你们想想，被两千多摄氏度的铁水烫一下，受得了吗？平时就算让开水烫一下，都会疼得嗷嗷叫啊。翻砂的烫伤还不容易好，据说有毒性，需要三四个月的时间才能好，而且好了之后，被烫的那块儿肉上也没有毛孔了。我的同事就有好几个被烫伤了脚的。”

“这技术要是不改进，还不知道得烫伤多少人呢。”李清泉嘟囔道。

“没办法，二十世纪八十年代翻砂就是这样的，基本上都是靠人工。春天和夏天干活，穿得比较少，气温也合适，冬天最受罪。开炉时，屋里的温度虽然有四十多摄氏度，但是人们还要穿着大棉裤、大棉袄和大棉鞋，因为车间的大门口大敞四开的，你穿少了，大门口的冷风往里一吹，屋里又热，人就很容易受病。当翻砂工一来要细心，留合适的气孔，模具做得光滑，铸造出来的铸件质量才高。二来还要有力气，不然你就端不动小包，你也抬不动大包。当时的车间环境非常差，开炉之后，人们被熏得又脏又黑，只有牙是白的，都成了‘黑小鬼儿’。我每天就是在这样的环境中干活，后来还是下岗了，给了我两万块钱，被一脚踢了，我只好又去一家私营企业干活。这个私营企业是生产电机的，我负责喷漆，一干就是十二个小时，一天下来，被油漆熏得脑仁儿疼，吃饭反胃，但是工资比较高。上有老下有小都需要照顾，只能咬着牙，坚持着往前走。人活这一辈子，嘛样的罪都得受，要不受，那一步你就走不过去。”

李清泉说：“这话对，人活着就得往前奔，有奔头，活着才有意思。等你没奔头了，离着钻大烟筒也就不远了。”

贾四海是个车轴汉子，他说：“我原来是粮库的工人，开始当搬运工，扛着二百斤的麻袋还要上跳板去码垛，体格不行的根本都扛不起来。一天下来，像我这样的体格还是腰酸背疼，仗着年轻，身上有使不完的劲儿。夏天歇着的时候，穿的衣服一拧，就哗哗往下流汗。我的一个工友还是比较壮的，他扛着麻袋上跳板，走到中间时，不知怎么腿下一滑掉下了跳板，还被麻袋压着，那个惨劲儿就甭提了。”

郝国振说：“每个行业都有别人不知道的苦，你这个活，没有力气还真干不了。”

“是啊。后来，我被调到了采购科。一年秋天，领导让我去东北收购大豆，十月份，我就来到了黑龙江省齐齐哈尔市的拉哈镇，找到了当地的朋友张老板，他开车拉着我去转。一看满地的大豆，一望无边，叶子已经落了，只剩下豆秸，豆秸有一人来高，豆粒饱满。我扒开地下的豆叶一看，地下都是黑土，肥沃的土地孕育的庄稼就是足梆。我很满意，就订了六十吨，由张老板负责从农场收购。十二月份我再去的时候，天已经冷了，零下三十多摄氏度。我和张老板去看收好的大豆，最后一算，大豆还不够，就又向农户去收购。定好了火车皮，用车把大豆运送过来。我多了个心眼，告诉张老板收购的农户的豆子，让他们最后装车。晚上十二点，我从温暖的火车站旅馆走出来，穿着棉猴、皮袄、皮裤、皮靴子，一出门还是被老北风给冻透了。我爬上了火车，在装好的麻袋上挨个地用脚踩，边上的挺硬实，可是踩到中间的麻袋时，脚一下子就陷了进去。我知道有问题，数好了数，记好了位置，下车后告诉张老板，叫人把中间那些地方的麻袋卸下来。工人还不愿意，张老板一瞪眼，工人们只好照办了，扔下来一堆麻袋。我解开其中的一个，把手伸到麻袋中间一抓，抓出一把雪，原来雪和黄豆是掺在一起的。张老板立刻叫来了负责收购农户黄豆的那个人，上去就是两个嘴巴，‘你他妈的这是干的啥活呀，砸我的饭碗吗？’对方丝毫不敢反抗。然后他们就把有问题的麻袋都挑出来了，足足有二十六包。重新去收购，这回检查无误后才装上了火车。在那收豆子，我说我耳朵麻了，张老板说千万别动，一摸耳朵就掉了。那地方是真冷啊。如果把那些带雪的豆子运回来，等运到家，雪就会化了，黄豆就会被泡成黄豆芽。单位有损失，我还得挨领导批评。就是靠着这种认真的态度，我在工作中基本上没有出过什么错。”

李清泉附和道：“是不容易呀，干吗都不容易。”

贾四海接着说：“我也被买断了，被一脚踢了，下岗了，现在在一个餐馆给人家抖勺。”

郝国振说：“行啊，你全才呀。”

“嗨，没有办法，秃子当和尚凑合材料吧。如果不上班，在家里一蹲就得憋出毛病来，人就不能闲下来。”

李清泉说：“像咱们这个岁数的，谁的肚子里不是装满黄连呢。我从小就命苦，我娘生下我后，就落下了病根。我娘天天熬着爷爷给开的中药，一吃就是几年，屋里总是飘着又苦又涩的中药味儿。我爹一个人在队里拼命挣工分，都不够一家几口人的吃喝，哪里还有更多的钱去看病拿药。我爷爷治好了无数的病人，让人们感恩戴德，可是，他把可用的药方子都试了个遍，把医书也翻破了好几本，还是没有找到能治疗自己儿媳妇的特效药。后来，我就眼睁睁地看着我娘去世了，我当时只有十六岁，趴在我娘身上放声大哭。我扛着比我高出许多的招魂幡，在给我娘送葬的路上，就咬着牙暗下决心，长大后一定要踏踏实实地玩儿命干，挣好多的钱，绝不能再眼睁睁地看着亲人有病没钱去治。后来我省吃俭用拼命干，也只是挣十分工。看到家里粮食根本就不够吃的，只能去黑市上购买高价的私粮吃，我想，有没有可以买到比较便宜的粮食的地方呢？如果有，既可以运到黑市上卖高价，赚些零花钱，自己一家人还能吃饱，那该多好啊。我就到处打听，后来打听到滨海市里的人都发粮票，有的人家吃不了就往外卖，有粮票就可以去买粮食。可是，买粮票的钱从哪里来呢？我向亲戚借了十块钱，在生产队干完活收工后，骑着自行车就往市里跑。到了市里已经很晚了，还饿着肚子，就在一家小饭馆花两毛钱吃一碗烩饼，算是把肚子糊弄了个半饱。接着就在大街上到处打听从谁家可以买到粮票。”

“家贫出孝子，你年轻时体格是真好啊！”贾四海感叹着说。

“没有办法，人被逼到节骨眼上，就得咬牙往前奔呢。一个好心的爷爷带着我串了几家，终于买到了十几斤粮票，我手里捏着十几张花花绿绿的粮票，手哆嗦，心里也激动得直哆嗦。我又问好心的爷爷，城里人喜欢农村的什么东西。爷爷说，‘可多了，你们那的土鸡蛋、玉米面儿、花生、大枣、瓜子等，我们都喜欢。’我问，那我要是用大家喜欢的这些东西换粮票可以吗？爷爷说可以。再去滨海市，我就驮着大包小包的东西，送给了那位爷爷一些，剩下的就拿去换了粮票。看到粮票，一家人高兴得不得了。我只能在晚上骑车去，再连夜赶回来，一宿基本上睡不了觉，第二天一早又要去生产队里干活。我的身体再好，黑白连轴转也顶不住啊，就隔三岔五地跑一趟。辛苦是辛苦点，但跑一趟比在生产队干几天活收入还多。后来我又倒过房檩、砖瓦、牲口，凡是有差价的，我都冒着风险去倒腾。卖的是力气，流下的是汗水，当然挣下了不少的辛苦钱。但当时如果有人举报，我准会被打成倒买倒卖，投机倒把的典型。”

郝国振慢悠悠地说：“你可真是个勤快人，十几岁就没了娘，人活这一辈子，真不容易啊！”

仨人聊得投机，也就冲淡了肺病带来的不愉快。谁检查回来了，其他两个人就给他打气，三个人互相宽慰。临出院时，仨人互留了电话，闷得慌了就聊会儿天。

很多老人平时嘴上都说不怕死，李清泉也是这样。他跟别人说不怕死，其实心里总有一种隐隐的疼痛感。他艰苦奋斗这么多年，好不容易创下了这片产业，一想到死，内心的遗憾就像泉水一样，时不时地冒出来。一住进了医院，不和病友们聊天时，他躺在病床上，也是会想到自己的病。他期盼的能拆废又没有污染的好日子终于到来了，他也想多看看，看看往后还有哪些自己想不到的新鲜事会发生。

李清泉住院后一检查，大夫经过会诊，说可以做手术。本来想瞒着他，李清泉说：“你们不告诉我实底，我现在就出院。”

李清泉问清楚了一切，他跟儿子和老伴儿说：“咱回家，不治了，在这儿受捆绑不自由，回家多好呀。”

说完，叫来护士拔下氧气管和输液针头，老伴儿和两个儿子流着泪点头了。

李清泉在回家的路上，看到了拉着集装箱的大卡车在乡村公路上奔驰。他想起了自己几十年来经历的酸甜苦辣，又想到了现在公司的发展壮大，心里感慨万分。

没想到，李清泉的病情恶化得很快，他们又去了滨海市肿瘤医院，主任们看着片子，还是建议做手术。老伴儿和儿子们征求李清泉的意见，都劝他去做手术。

李清泉把脖子一梗，说：“我的病，我自己知道，别费那事了。本来好好的，又开刀，又钻眼儿的，还要插上七八个管子，你们就给我留个囫囵身子吧。能吃什么吃什么，想多会儿走，一蹬腿就完了。”

回家后，俩儿子说带着父母去南方旅游，李清泉很高兴，每到一个景点都要拍照留念。李清泉不让别人扶着，他走得飞快，还像个小伙子一样。李清泉过去为了做生意，去过无数次滨海市和其他地方，当时只是为了做买卖糊口，哪有时间看风景。

转了一大圈后，才回来了。

李清泉说：“该吃的吃了，该喝的喝了，该去玩儿的地方也玩儿了，连乾隆爷去过的江南也转遍了，往后就是不吃不喝，我也认了。既然花钱都治不了，咱就不治了，顺其自然吧。”

李清泉想，人活一辈子也就是这样了，睁开眼就得出去忙碌，等老了出不去了，也就离着死不远了。人死之后能为后人留下点什么呢？挣再多的钱一分也带不走。他又想到俩儿子想为自己建造雕像的事。他小时候就见过雕像，常年出门在外也见了好多雕像，有木雕，有佛像，有神像，也有烈士雕像。他总觉得雕像不吉利，可转念一想，这也是俩儿子的一片孝心，这十里八乡的，还没有听说过给谁建造过雕像呢。虽说听着不吉利，可人早晚都要走这一步，还真想看看这个“我”是什么样的。真和自己模样一样吗？比我胖还是瘦呢？

第二十二章

李清泉整天想着雕像的事，又不愿意跟儿子们说，只是每天都要到正在修建的厂史馆门口转一圈，看着工人们紧张地施工，主体建筑已经完成了。有时他站在那，一看就看上老半天。

李清泉每天都在自己的公司里溜达，在粉碎车间、分类车间久久不愿离开。这一切他都太熟悉了，从开始提着篮子挤公交车去市里收货，到骑自行车、开三马车收货，半夜里走，半夜里回，吃尽了苦头。也正是那些年日复一日年复一年地早出晚归，让他养成了习惯，每天不早起干活，不外出，心里就不舒服。只要外出就神清气爽，觉得身上有使不完的劲儿。他一辈子没有吃过药，也没有住过院，有点小病，一扛就扛过去了，身子骨也结实得赛过一头壮骡子。可是谁会料到一个咳嗽的小毛病，就让他第一次住进了医院。谁没有咳嗽过呀，有什么大惊小怪的，归根结底还是自己种的苦瓠子自己吃了。拆废是让自己赚了钱，给村里建学校、修路，算是办了点好事。但是早年间烧线、烧废电机造成的环境污染，不但害了自己，也害了更多的人。好环境和人们的身体健康是多少钱也换不回来的，他越想心里越不是滋味。后来，李清泉觉得自己身上的力气越来越小，吃东西也没有胃口，他知道自己来日无多了，就叫来老伴儿和儿子交待了自己的后事。

看着李清泉的病越来越重，俩儿子心急如焚，一边通过各种关系买最好的进口药维持，一边和雕塑家联系，问能不能加快进度，早日完工。他们怕老爹等不到看到自己雕像的那一天。这天，李恩众在家里照看着父亲，李恩强亲自登门来到雕塑家的工作室。

雕塑家已经七十多岁了，工作室里到处都摆着雕塑，有的还是半成品，再有就是书籍、画册，还有几本打开的，散乱地放在工作台上。迎面摆着一个比真人还要高大的半身石膏雕塑。雕塑家见李恩强来了，只是朝他微微点点头，手里的刻刀并没有停下来。李恩强一眼就看出来了，这个半身雕塑正是他父亲的。他是从那额头密密麻麻的皱纹看出来的，还有那紧紧抿着的嘴角，眼睛处只雕刻出了个大概的轮廓。雕塑家旁边还有几张放大的照片，正是他给父亲偷偷拍的那几张。

“赵老师您好，我来看看这雕塑的进度。”

“我在电话里不是跟你说了吗。”他一边说话，手中的刻刀一边划动，石膏粉末洒满了他的双手，连脸上和眼镜片上也全是白色的粉末，“你给我打电话，就是在耽误我的时间，现在你又来到这里，就更会分散我的注意力。你再这样打扰我，我怎么完成我的作品？”

“赵老师，对不起，我也是实在没有办法了，我父亲的病越来越重了，想请求您能不能加快点进度。要是他活着时能看到自己的这个雕像，那他一定会非常高兴的，否则就真的会遗憾终生了。”

“那又能有什么办法呢？我制作的作品按照正常的进度得一年以上，甚至更长。我对作品要反复地观察揣摩，从你告诉我，给我照片到现在才几个月，我连作品本人还没看过一眼，现在这个进度就已经够快的了。”顿了一会儿，他继续说：“我对自己不满意的作品，宁愿砸烂了它们，也绝不会让它们走出工作室，不管已经耗费了我多长的时间。为了这件作品，我很费脑筋，但我心中始终有一个愿望，或者说，冥冥之中这尊雕像也在告诉我，这将会是到目前为止，我最满意的一件作品。所以我现在就是需要时间慢慢思考，精雕细琢，现出本属于它的光彩。只是我对眼睛尝试雕刻了几次都不满意，如果再雕刻不出神韵，那我就宁愿不雕了。”

“赵老师，您可千万别不雕，我相信您说的，这件作品一定会成为您最好的作品。”

“对了，你来了，正好，我想去见一见你的父亲，否则眼睛传神这个难题就无法破解。”

“见面没问题，可是我父亲他不愿意让我们给他做雕像，我给您拍的照片都是偷偷拍的，并没有告诉他。”

“你想办法，我必须见到他，否则这尊雕像就只能是一张立体的照片，而不是一个有血有肉的灵魂。见一面，看一眼肯定比我自己揣摩三天三夜照片效果还要好，这一点我相信自己。”

“我想咱要不这样，现在就去见面，不过您不能说您就是雕塑家，否则我父亲肯定会疑心的，咱们合计合计……”

下午，李清泉家就来了一位“不速之客”，满头银发，戴着眼镜。李恩强给父亲介绍，这位是赵作家，特意来采访他的。赵作家和李清泉握了握手，又向上推了一下眼镜框，“清泉同志你好，听说你拆废干了几十年了，而且经历了风风雨雨，我对你这些经历比较感兴趣，或者说你对自己几十年拆废的人生经历怎么看？可以跟我讲讲吗？”

这个赵作家就是雕塑家，聊天的内容也是和李恩强事先商量过的，就让李清泉把他干了一辈子的拆废经历和感想讲出来。

李清泉一听赵作家的话，也笑了，“要想彻底了解拆废，你来找我就算找对人了，我从三十多岁就坐着公交车去市里收废铜废铝……”

他说到骑自行车去市里的经历，说到场地旁那棵三百多年的大槐树被烟熏死了，他的眼神就暗淡下来了，说到兴奋之处，他的眼睛就放出了光彩。赵老师一边听着，一边点头，一边不错眼珠地盯着李清泉的眼睛看。

李清泉说：“现在回头看，我当年拆废靠的就是出蛮力、流大汗，也靠机遇，才一点一点发展起来。有得必有失，由于拆废的人太多，又没有环保意识，我们清河镇的生存环境已经被彻底破坏了。你想想看，三百年的大槐树都让我烧线的烟给熏死了，你说人能受得了吗？县医院因为心脑血管疾病住院的病人清河镇占到了七八成，这要是算肺病，那就更数不过来了。这是多么大的代价呀，这其中也有我的一份责任。这些污染，再过十几年、几十年恐怕也很难完全消除。人们是赚了不少钱，但钱能换回原来的蓝天白云和清新空气吗？能换回那些已经死去的和正在走向死亡的人的性命吗？我不也正是搬起了石头砸了自己的脚吗。”

说到动情处，李清泉的眼睛又一次射出了光芒，紧接着又被一层雾一样的泪水笼罩住了。

赵老师听得很投入，眼眶里也有泪光在闪动。他紧紧抓住了李清泉的手，不停地摇晃着，“你说得太对了，太感人了。”

“幸亏政府及时出手，让拆废的‘散兵游勇’们搬进了金海环保园，靠科技、知识、专业人才来管理、指导企业运行，产业这才走上了无烟尘、无废水、无废气排放的循环产业道路。这不正应了那句老话吗，万般皆下品，唯有读书高。靠出蛮力和小聪明只能坚持一时，只有靠知识、靠科学才能坚持永久啊！”

李清泉也紧紧抓住赵老师的双手，使劲儿地摇晃着。李清泉眼中的泪水和灼灼的光芒，都被赵老师敏锐地捕捉到了。

赵老师如释重负，激动地说：“你讲得太好了，总结了自己几十年的人生经验，也是给拆废这个行业几十年来走过的弯路作了精辟的总结，你不光是个企业家，你还是个哲学家呀。”

李清泉也激动了，“你快别高抬我了，我就是个收破烂儿的，没有文化，可我就愿意跟你们这些有知识、有文化的人聊天，真涨学问啊。痛快，痛快，哈哈……”

赵老师走了，李清泉刚才也许说话说多了，有点累了，被家人扶着，慢慢地躺在了床上。

晚上，赵老师给李恩强打来了电话，说话中透着激动，“今天通过和你父亲谈话，我抓住了这个雕像的神韵和灵魂，我抓住了。就是他眼睛里的光彩，闪闪的、炯炯的，像闪电一样，那就是他的人生智慧。你大可放心，我会加快进度的。事实证明，我前面做的许多工作都是无效的，我一定会让你父亲看到最真实、最有风采、最有神韵的‘自己’。”

雕塑家的难题破解后，两个儿子也加紧建设厂史馆，他们想让父亲临走前能看上一眼自己的雕像，回望一下自己的创业经历，也算是当儿子的没白操持。

拉着雕像的卡车终于徐徐地开进了厂史馆大门口，李恩众正准备迎接，吊车已经在那里等候多时了。厂史馆修建在一座花园中，五颜六色、香气扑鼻的花朵在风中摇曳，景观树、果木树高低错落，相互映衬。花朵间，蜂蝶飞舞，嘤嘤嗡嗡；鸟儿在树枝间穿梭跳跃，叽叽喳喳。被繁花绿树簇拥着的是一幢三层的楼房，楼房的整体造型像一只大船，正在扬帆起航。

卡车一到，吊车立刻开了过来，李恩众正在指挥吊车将大箱子卸下来。忽然电话铃响了，他一看手机，是弟弟打来的。弟弟在手机里哭着喊：“哥，你在哪呢？你快回来吧，爸爸不行了。”

李恩众一下子就愣住了，眼泪立刻流了下来，“爸爸，你就不能再等一天吗？你不是天天盼着能看看自己的雕像吗？现在正吊装了。”

他叫了一声司机，钻进汽车，一溜烟直奔家里……

奋斗了几十年的李清泉平静地走了，平静地离开了这个让他饱尝了酸甜苦辣的人世。

两个儿子对父亲的去世，悲伤是肯定的，但是他们也无可奈何地接受了这个现实。往后他们再想看父亲，就只能去看看那个雕像了。父亲脸上的每一道皱纹，每一根胡茬，他们都记得非常清楚，这个雕像做得分毫不差。

在雕像的揭幕仪式上，两个儿子在揭开雕像上面盖着的红布的瞬间，同时大喊了一声“爸爸”，哭了起来。

“爸爸，您老人家走得太快了，您看得见吗？要是看得见就过来，好好看看吧，看看儿子给您雕的铜像。”

“这尊雕像是现在的您，也是过去的您。您吃的苦，受的累，数也数不清，您为的难，遭的罪，说也说不尽，您跟谁都没有说过一个字。”

“想当初，我们哥儿俩不想上学了，想替您分分肩，非要跟着您去拆废，您却拾起一根棍子，重重地打在我们腿上。您说，大学上不完，就甭提回家。爸爸，还是您想得长、看得远啊。”

“您老人家拆废、烧线这么多年，其实早就生病了，您硬是咬着牙忍着，不去看病。我们求您去看病，您说，要是我真得了病，心里会更好受些。前些年光顾着赚钱了，怎么就没有想到污染呢？想到别人也要活命呢？我得病治不好了，就是替我向那些得病的人在道歉，得病治不好，也是替我自己在赎罪啊。爸爸，您要是早去医院，也许还能彻底治好了，可您就是不去呀！”

“现在您的雕像做好了，您看看雕得像不像您呀。看到雕像，我们就会想起您，想起您老人家对我们的教育，想起您对这个家的付出。公司现在对环境没有任何污染，将来也不会有，否则就对不起您老人家的良苦用心了。爸爸，现在您创办的清泉再生资源公司已经通过了国家绿色环保认证。爸爸，您老人家开心吗？”

“爸爸，您再回咱这个公司看看吧，妈妈、我们，包括您的孙子、重孙子，还有更远的后辈都会记住您说过的话，记住您做过的事……”

李清泉这尊青铜雕像雕得很逼真。老人脸上的皱纹深而且密，记录着他经历的风霜雨雪，记录着岁月沧桑，像一条条纵横交错的沟壑；嘴紧闭着，嘴角抿着，展示着他的刚毅和倔强；眼睛不太大，深陷于眼窝之中，却炯炯有神，放射着冷峻和沉稳的光芒，那目光，像闪电，照亮人的心灵；左面额头上有一条弯弯的伤疤，仿佛一条蚕卧在那里；寸把长的头发根根直立，像是蓄满力量的钢针；严峻的脸上，找不出一丝笑意，只有冷静和沉郁；左手的小指尖齐刷刷的，整个小指头明显比右手的短，分明就是少了一截。雕像的旁边还摆着一辆自行车，这是一辆清水管的“大铁驴”加重自行车，车子左边的前叉子卡着车轴的地方，有一个用电焊焊出的大瘤子，车轮上的辐条还折了好几根，这辆自行车李清泉骑了几十年。雕像和自行车都被擦得一尘不染，默默地向人们讲述着曾经的故事。

清泉再生资源公司日渐强大，成了金海环保产业园中的龙头企业，奖状、奖牌、奖杯、锦旗得了一大堆，来产业园视察的各级领导和外地前来取经的客人第一站都会来到清泉公司，参观的第一站必定是厂史馆。进入厂史馆，第一眼看到的就是这尊青铜雕像，雕像脸上沟壑般的皱纹和深邃的眼神，让人震撼和感动。每天走进厂史馆，驻足在雕像前的人络绎不绝。

青铜在灯光下闪耀着金光，棱角分明的脸上布满了冷峻，坚毅的眼神里流溢着自信，脚下那双绿帆布鞋已经褪色发白……

雕像在读蓝天，我在读他的内心……

后　记

为深入学习贯彻习近平文化思想，打造健康文明、昂扬向上、全员参与的职工文化，天津市总工会联合天津市作家协会、中国工人出版社开展天津市职工作家培育工程，深入挖掘中国职工文学起源地的深厚宝贵资源，创作职工文学精品，大力传承和弘扬职工文学，积极推动天津职工文学繁荣发展。通过培育工程，力求发现培育一批职工作家，点燃天津职工文学创作之火，推出讴歌新时代、颂扬主旋律、增强职工精神力量的现实主义小说作品，讲好中国故事、天津故事、职工故事，大力弘扬劳模精神、劳动精神、工匠精神，凝聚起为实现中华民族伟大复兴中国梦而团结奋斗的强大精神力量。

2023年4月培育工程启动以来，面向天津市职工征集5万字以上中长篇小说，先后召开两次专题工作推进会，举行职工作家培育工程座谈会，举办职工读书分享活动，基层工会认真组织，广大职工文学爱好者积极参与，共收到53部应征小说作品。天津市总工会、天津市作家协会成立专家评审组，推选出了10部小说作品，由此确定10名职工作家培育对象，随后邀请知名作家、评论家对10名职工作家培育对象作品进行指导，小说作品都在原有的基础上进行了结构和文字上的拓展完善，2023年底完成10部小说作品的成稿，经过中国工人出版社专业出版团队精心打造书稿，2024年4月出版发行天津市职工作家创作文丛。

感谢著名作家蒋子龙对培育工程的关注和支持，特别是蒋老逐篇审阅了文丛书稿，提出了修改意见，并亲自为文丛作序，倾注了大量心血，他对晚辈和新人的倾心扶植与关爱，让我们感动。全国总工会对天津市职工作家培育工程给予充分肯定，全国总工会宣教部专题听取汇报，提出指导意见，对丛书出版和推介也提出具体意见。感谢天津市委宣传部、天津市作家协会对丛书编辑出版的指导和支持。还要感谢王震海、狄青、张楚、邵衡宁、宋曙光、徐福伟、黄桂元（按姓氏笔画排序）等作家、评论家对职工作家培育对象进行了一对一悉心培育，对作品给予了一对一倾心指导，在此对各位领导和专家表示衷心的感谢。

由于编者水平有限，疏误之处，敬请广大读者批评指正。

天津市总工会

2024年4月